CW01481525

L'HABIT NE FAIT
PAS LE MOINE

Gilles Henry

L'HABIT NE FAIT PAS LE MOINE

Petite histoire des expressions

Tallandier

TEXTE INTÉGRAL

La première édition de cet ouvrage a paru chez Tallandier sous le titre :
Petit dictionnaire des expressions nées de l'histoire

ISBN 2-7578-0102-3
(ISBN 2-84734-134-X, 1re publication)

© Éditions Tallandier, 2003,
et éditions Points, 2006, pour la présente édition abrégée.

LE GOÛT DES MOTS

UNE COLLECTION DIRIGÉE PAR PHILIPPE DELERM

Les mots nous intimident. Ils sont là, mais semblent dépasser nos pensées, nos émotions, nos sensations. Souvent, nous disons : « Je ne trouve pas les mots. » Pourtant, les mots ne seraient rien sans nous. Ils sont déçus de rencontrer notre respect, quand ils voudraient notre amitié. Pour les apprivoiser, il faut les soupeser, les regarder, apprendre leurs histoires, et puis jouer avec eux, sourire avec eux. Les approcher pour mieux les savourer, les saluer, et toujours un peu en retrait se dire je l'ai sur le bout de la langue le goût du mot qui ne me manque déjà plus.

Ph. D.

A, B, C,
C'est ainsi que commencent toujours les dictionnaires...

À bâtons rompus

Il existe de nombreuses expressions dans lesquelles le bâton a son importance : bâton de vieillesse, de commandement, de chantre, de prieur, de Jacob, de chaise, de cire, de réglisse, de foc, etc. On l'utilise beaucoup, y compris lorsque l'on *met des bâtons dans les roues*…

Ainsi, une tapisserie (ou un parquet) était à bâtons rompus quand elle présentait un dessin composé d'une succession de traits et de lignes enchevêtrés, non réguliers. Une batterie de tambour à bâtons rompus était exécutée en donnant deux coups de suite avec chaque baguette, produisant un roulement inhabituel.

De ces notions de rupture, de saccades, est sorti le sens actuel de l'expression, signifiant : sans suite, avec des interruptions nombreuses et s'applique surtout à la conversation *(mener une conversation à bâtons rompus)*.

À brûle-pourpoint

Dans *Les Femmes savantes*, Molière écrit :
« …une femme en sait toujours assez, quand la capacité de son esprit se hausse, à connaître un pourpoint d'avec un haut-de-chausse ».

Le pourpoint était un vêtement constitué d'une double peau rembourrée de laine. À l'origine, c'étaient surtout les guerriers qui s'en servaient pour se couvrir la poitrine et le dos : le pourpoint se glissait sous la cuirasse.

Peu à peu le pourpoint devint vêtement de ville ; on y ajouta des manches, un collet, des basques. Son usage dura environ trois siècles.

Tirer sur quelqu'un à brûle-pourpoint, en termes militaires, voulait dire tirer un coup de feu sur son ennemi, mais de si près qu'on en brûlait le pourpoint.

L'expression, aujourd'hui, signifie que l'on accomplit une action brusquement, sans prévenir et sans ménagement.

À chaque fou sa marotte

C'est le bon Furetière qui le disait : « À chaque fou sa *marotte* »… Le mot venait du dialecte normand et qualifiait une petite fille – à l'origine appelée Marie. Peu à peu, la *marotte* commença à désigner une espèce de sceptre surmonté d'une tête coiffée d'un capuchon multicolore à grelots qui devint l'attribut de la folie.

Charles V Le Sage (1337-1380), tout en combattant les jacqueries et les routiers, se montra bâtisseur et amateur de belles choses ; pour se distraire de ses tâches, il décida de s'attacher les services d'un bouffon, personnage petit, contrefait, laid, mais à l'esprit vif, jamais à court de plaisanteries.

Le fou sut distraire le roi, tant par ses pitreries que par les vérités qu'il distillait. Or, ce personnage avait pour attribut une marotte ; ses successeurs maintinrent la tradition, y compris Le Fleurial, plus connu sous le nom de Triboulet, être difforme né à Blois, que Louis XII prit en pitié et qui sut aussi donner de belles réparties à François Ier. Plus tard, il inspirera Victor Hugo.

Alors, *à chaque fou sa marotte*, c'est-à-dire, à chacun sa manie…

Acheter chat en poche

Le chat est un animal mystérieux qui a toujours fasciné les hommes. Les artistes et les écrivains aiment à s'entourer de ces félins à l'échine douce qui peut changer brusquement d'aspect.

Au Moyen Âge, le chat avait aussi la réputation d'un animal diabolique. Il arrivait que l'on en vende sur la place ; ils étaient alors enfermés dans un sac, autrement dit une poche que le vendeur ne prenait pas la peine d'ouvrir : l'animal gigotait suffisamment pour que l'acheteur soit persuadé qu'il s'agissait bien d'un chat.

Acheter chat en poche signifie acquérir un objet sans le voir ou conclure une affaire sans même l'examiner.

À la queue leu leu

Exista-t-il au cours des siècles passés un animal inspirant davantage la peur que ce « quadrupède carnassier et sauvage ressemblant à un grand chien » ? Les témoignages sont innombrables qui racontent les ruses que l'homme et le loup déployaient l'un contre l'autre. C'est que chacun cherchait à manger…

Mais il y avait plusieurs races de loup : le loup commun, au pelage gris fauve, à l'œil jaunâtre, au corps mince, le loup au pelage roux, plus solitaire, le loup indien ou le loup d'Abyssinie.

Autant dire que les expressions ne manquent pas, qui mettent en scène ce redoutable animal : « avoir une faim de loup », « marcher à pas de loup », « avoir vu le loup », « la faim fait sortir le loup du bois », « il faut hurler avec les loups », « quand on parle du loup, on en voit la queue », « il fait un froid de loup », « les loups ne se mangent pas entre eux », etc.

Lorsqu'ils étaient en bande, affamés, ils se groupaient autour d'un chef et attaquaient les troupeaux comme les hommes. Alors, les loups (*leu* en vieux français) couraient l'un derrière l'autre, la tête de l'un derrière la queue de l'autre, « à la queue du loup le loup », expression devenue peu à peu « à la queue leu leu »… Aujourd'hui, heureusement, comme le dit la comptine, « le loup n'y est plus ».

Aller au diable Vauvert

Ancien repaire de brigands, le château de Vauvert, près de Paris, jouit longtemps d'une mauvaise réputation. *Aller au diable Vauvert* signifiait donc sortir de la capitale avec tout ce que cela comportait de dangers.

Aller au diable Vauvert, c'est partir loin en dépit des risques du voyage.

Allô

Cette interjection que l'on prononce à chaque fois que nous utilisons le téléphone pourrait passer pour une création moderne. Il n'en est rien.

Certains pensent à une déformation de « Allons », manière un peu curieuse d'entamer une conversation. D'autres avancent qu'il s'agit plutôt du cri « Au loup ! » lancé par les Normands lorsqu'ils se furent installés en Angleterre. En effet, les bergers du Leicestershire s'appelaient ou appelaient leurs troupeaux par des « halloo » (rien à voir avec les loups !) et c'est ce mot qui aurait fini par devenir « Allô ».

Guillaume le Conquérant n'imaginait certainement pas que ses hommes contribueraient sans le savoir aux communications internationales du XXe siècle.

Une année sabbatique

Moïse institua le repos du sabbat pour les hommes et les animaux, mais également un temps de repos, tous les sept ans, pour les terres qu'on laissait en jachère.

Cette institution fut reprise dans une acception moderne et *une année sabbatique* est aujourd'hui un temps qu'il est possible de demander à un employeur pour réaliser un projet personnel. Hélas, tous les salariés n'y ont pas encore droit… pas même tous les sept ans.

À Pâques ou à la Trinité

Pâques est la fête de la résurrection du Christ ; le nom, comme le dit saint Paul, vient de l'usage juif de faire la pâque, c'est-à-dire de manger de l'agneau, rappelant le dernier repas des apôtres avec leur Maître. Quant à la Trinité, l'Église la célèbre le premier dimanche après la Pentecôte, Pâques et Trinité étant séparées de neuf semaines.

1709. La bataille de Malplaquet permet à Lord Churchill, le duc de Marlborough, de l'emporter sur Villars. Aussitôt après une chanson fut composée (rappelant une vieille chanson espagnole dont la version française aurait existé du temps des Croisés en Égypte), la *Chanson de Marlborough* : « Il reviendra z-à Pâques... ou à la Trinité. »

Les deux termes ont figuré, en fait, dans des ordonnances édictées par le roi de France au XIIIe siècle, comme échéances de ses propres dettes. Bien souvent, ces dernières n'étaient pas payées à Pâques et restaient insoldées à la Trinité. Peu à peu, ces dettes furent considérées comme perdues, les échéances semblèrent illusoires et sujettes à caution. Cela ne pouvait qu'augmenter le succès de la chanson et, partant, de l'expression.

À *Pâques ou à la Trinité* signifie dans un avenir lointain, indéterminé, autant dire : jamais.

Après nous le déluge !

Devenue la maîtresse du roi en septembre 1745, Mme de Pompadour joua jusqu'en 1764 un grand rôle à la Cour de Louis XV, favorisant les lettres et les arts (le « style Pompadour »), soutenant Voltaire et les encyclopédistes, mais ne parvenant pas à se faire aimer du peuple.

Elle réussit à imposer le maréchal de Soubise à la tête des troupes qui combattirent durant la guerre de Sept Ans ; le 5 novembre 1757, à Rossbach (près de Leipzig), le roi de Prusse Frédéric II, dont les troupes étaient inférieures en nombre, réussit à s'imposer à Soubise, incapable de coordonner l'action de ses hommes. Le soir, 67 canons, 15 étendards et 7 drapeaux français faisaient défaut : un désastre !

On se moqua ouvertement du favori de la Pompadour et d'elle-même, mais elle garda contenance. Alors que le roi venait lui rendre visite, triste, accablé, et qu'elle tenait la pose devant La Tour, qui la peignait, elle déclara : « Il ne faut point s'affliger : vous tomberiez malade. *Après nous le déluge !* »

On emploie toujours cette expression pour signifier que l'on se moque de ce qui nous survivra et au-delà, pour assumer les risques d'une entreprise et ne pas se soucier de ses conséquences.

Une auberge espagnole

Jadis, les pèlerins qui se rendaient à Saint-Jacques-de-Compostelle venaient des quatre coins de l'Europe et toutes les nationalités étaient représentées dans les auberges où ils faisaient étape. Cette idée de mélange des peuples s'est élargie et *une auberge espagnole* est aujourd'hui un lieu où l'on trouve de tout, où l'on peut rencontrer n'importe qui.

De l'audace, encore de l'audace, toujours de l'audace !

Fils d'un procureur au bailliage, Georges Danton naquit à Arcis-sur-Aube en 1759 et après des études de droit à Paris, s'inscrivit au barreau de la capitale. Son mariage lui permit de s'établir et il adopta les idées nouvelles avec ardeur, présidant le district des Cordeliers avant de fonder le club du même nom en 1790. C'était un redoutable orateur, que l'on soupçonna toutefois d'avoir été acheté par les Anglais ou par la famille royale.

Obligé d'ailleurs de fuir en Angleterre, il fut élu substitut au procureur de la Commune à son retour ; siégeant à la fois au Conseil exécutif et à la commune insurrectionnelle, Danton sut garder le sang-froid nécessaire à l'approche des Prussiens. Face à l'invasion, il empêcha le gouvernement de quitter Paris, envoya en province des commissaires chargés de galvaniser les énergies et surtout de recruter des volontaires, fit enfin arrêter 3 000 suspects dans la capitale.

Le 2 septembre 1792, il convoqua les volontaires au Champ de Mars puis prononça à l'Assemblée ces paroles : « Le tocsin qu'on va sonner n'est point un signal d'alarme, c'est la charge sur les ennemis de la patrie. Pour les vaincre, il nous faut *de l'audace, encore de l'audace, toujours de l'audace*, et la France est sauvée ! »

Avoir de la branche

Le sens commun dit que l'« on ne peut pas toujours avoir de la chance ». Beaucoup, aujourd'hui, se contentent d'avoir de la branche…

À l'origine, cette expression s'appliquait au cheval ; avoir de la branche voulait dire que l'animal avait la « tête petite, le garrot long, le cou flexible » ; en un mot, qu'il avait une certaine élégance.

Cette idée s'est déplacée dans le vocabulaire généalogique où certes, les branches sont bien connues, puisqu'elles désignent les différentes familles issues d'un ascendant commun : branche aînée, cadette, puînée, se subdivisant le cas échéant en rameaux, et ainsi de suite.

Généalogie et élégance ne pouvaient que donner une expression évoquant une classe évidente ; ainsi naquit, au XXe siècle, l'expression *avoir de la branche*, qui signifie aujourd'hui : avoir de la distinction, de la classe, voire appartenir à une famille ou une « maison » noble.

Avoir des yeux de lynx

Dans la mythologie grecque, Lyncée, fils d'Apharée, l'un des Argonautes, était célèbre par sa vue perçante qui lui permettait de voir ce qui se passait au ciel et dans les enfers à travers les nuages et même les murs les plus épais. Lyncée fut tué par Pollux qui se vengeait ainsi du meurtre de son frère Castor.

Lyncée est resté dans la légende en tant que pilote du navire *Argo* : ce regard exceptionnel qui était le sien lui permettait de voir à travers buissons, rocs et bois, ce qui fut pratique au chasseur qu'il était.

Il semble que Malherbe ait été le dernier à utiliser Lyncée dans cette expression ; le langage populaire l'a transformée en *œil de lynx*, animal connu dans la plus haute antiquité et réputé pour sa vue perçante.

Le lynx, ou loup-cervier, n'a pas en fait une acuité visuelle supérieure à celle du chat, mais l'expression s'est imposée par analogie, qui signifie : avoir des yeux vifs et perçants, voir clair dans les affaires, dans la manière d'être d'autrui.

Avoir la foi du charbonnier

Kierkegaard a écrit : « La foi est la plus haute passion de tout homme. » À sa manière, le bûcheron le prouve ainsi que nous le montre Fleury de Bellingen qui, en 1656, aimait raconter le conte que voici :

Le Diable, un jour, demanda à un malheureux charbonnier :

– Que crois-tu ?

Le pauvre hère répondit :

– Toujours je crois ce que l'Église croit.

Le Diable insista :

– Mais à quoi l'Église croit-elle ?

L'homme répondit :

– Elle croit ce que je crois.

Le diable eut beau insister, il n'en tira guère plus et se retira confus devant l'entêtement du charbonnier.

Avoir la foi du charbonnier, c'est posséder une conviction absolue, naïve, sincère, avoir une foi simple qui ne se discute en aucune façon. Georges Brassens l'a chanté :

J'voudrais avoir la foi, la foi d'mon charbonnier
Qu'est heureux comme un pape et con comme un panier…

On ne saurait tout avoir…

Avoir l'air de revenir de Pontoise

Connaissez-vous Pontoise ? La ville est située à une vingtaine de kilomètres de Paris – cela est proche aujourd'hui, mais jadis c'était déjà le bout du monde – dont le faubourg s'appelle Saint-Ouen-l'Aumône.

Pontoise possède une belle église du XIIᵉ siècle consacrée à saint Maclou ; cette ancienne capitale du Vexin fut le siège des états généraux de 1561 et servit de refuge à Louis XIV enfant pendant la Fronde ainsi qu'au parlement exilé en 1732.

Pour beaucoup, le fait de revenir de cet exil suffisait à justifier l'expression : *avoir l'air de revenir de Pontoise*, avec un air ahuri et quelque peu marri.

En fait, il est beaucoup plus probable que les habitants de Pontoise – comme ceux de Chaillot d'ailleurs – ne sont pas plus « ahuris » que d'autres ; ils sont simplement l'objet d'une plaisanterie facile de la part des Parisiens qui les voient comme de « gentils » provinciaux, toujours un peu lourdauds.

Quoi qu'il en soit, *avoir l'air de revenir de Pontoise* veut dire avoir l'air ahuri.

Avoir le béguin

Bien que le fait soit douteux, on s'accorde à considérer le nommé Lambert Le Bègue comme fondateur, au XIIe siècle, du premier couvent de béguines, religieuses du tiers-ordre de Saint-François, surtout connu en Belgique, à Liège.

La coiffe de ces dernières était de toile fine et fut appelée béguin ; il en sortit une première expression « être coiffé », signifiant « être réduit à merci par quelqu'un » puis, de ce sens qui est venu interférer celui de la coiffure béguine, est sortie, au XVIe siècle, l'expression *avoir le béguin*, qui signifie être amoureux.

Avoir l'esprit d'escalier (ou dans l'escalier)

Vous n'avez pu répondre à une insolence, vous êtes resté muet face à des arguments de poids, vous n'avez su vous défendre, ne trouvant pas les mots qu'il eût fallu. Or, en rentrant chez vous, miracle, tout devient facile et le regret vous torture de ne pas avoir pensé plus tôt à telle réplique qui aurait joué en votre faveur. « J'aurais dû lui dire... », « j'aurais pu objecter... », « je n'ai pas pensé à lui rappeler que... ». Mais c'est trop tard. Vous avez de l'esprit, certes, mais il s'est exprimé avec un fatal décalage.

Jean-Jacques Rousseau connaissait bien cela, lui qui se plaignait de ne trouver la bonne formule, la bonne idée, la réplique efficace, seulement *dans l'escalier* des demeures où il avait passé des soirées aimables ou orageuses. Il rentrait chez lui, dévalait l'escalier de ses hôtes et son esprit alors s'illuminait. C'était trop tard !

Avoir l'œil américain

Fenimore Cooper (1789-1851) fut le plus populaire des romanciers américains ; il raconta d'extraordinaires aventures d'Indiens et de pionniers, comme *Le Dernier des Mohicans* ; le succès d'*Œil-de-Faucon* fut énorme ; c'était un indien d'Amérique qui avait l'habitude de regarder de côté, en ayant l'air de regarder face à lui, et qui, ainsi, repérait ennemis ou animaux.

Avoir l'œil américain, c'est regarder obliquement, avec une acuité particulière, tout en leurrant l'adversaire.

Avoir maille à partir

Venue tout droit du latin, la maille était une monnaie de billon valant la moitié d'un denier, formée de 95 % de cuivre, 4 % d'étain et 1 % de zinc.

La moitié d'un denier ! Quand on sait que ce dernier représentait la douzième partie d'un sou tournois ou le tiers d'un liard, on voit que la maille était vraiment une valeur dérisoire… On la retrouve d'ailleurs dans l'expression « n'avoir ni sou ni maille ».

Il était donc quasi impossible de « partir » cette monnaie, c'est-à-dire de la partager encore, sans risquer de faire naître une vive querelle ou un sérieux différend.

Avoir maille à partir signifie avoir un différend, être en conflit, et *avoir maille à partir avec la justice* veut dire que l'on est l'objet de poursuites judiciaires.

Avoir son bâton de maréchal

Le 8 août 1819, Louis XVIII rendit visite aux élèves de l'école militaire de Saint-Cyr, qui manœuvraient dans la cour du château de Saint-Cloud. Il fut accueilli par le maréchal Oudinot duc de Reggio (appelé « le Bayard de l'Armée française » par Napoléon), qui avait adhéré à la Restauration et avait été fait pair de France.

Devenir maréchal ! C'était le rêve de tous les militaires que celui de pouvoir un jour posséder ce cylindre orné d'étoiles, insigne du commandement suprême.

En 1819, Oudinot était gouverneur de la 3e Division militaire et major général de la garde royale avec les maréchaux Victor, MacDonald et Marmont (aussi « fidèles » que lui). Le roi fit un discours destiné aux élèves et leur dit : « Rappelez-vous qu'il n'est aucun de vous qui n'ait dans sa giberne le bâton de maréchal du duc de Reggio ; c'est à vous de l'en faire sortir. »

Avoir son bâton de maréchal est, aujourd'hui, être arrivé à la plus haute situation à laquelle on puisse prétendre et, partant, être couronné du succès que l'on attendait.

Avoir voix au chapitre

Pendant les premiers siècles de l'Église, l'évêque était assisté d'un collège de prêtres, vivant en commun avec lui et formant son conseil. Ces communautés durèrent jusqu'au Xe siècle, puis les prêtres commencèrent à se partager les revenus des églises auxquels ils étaient attachés. La sécularisation prônée par Boniface VIII entraîna leur dissolution, trois siècles plus tard.

Mais certains chanoines, continuant d'apprécier leur mode de vie, poursuivirent leur activité (ce n'est pas pour rien que l'on évoque avec gourmandise le « teint de chanoine », rose, fleuri sinon épanoui), dorénavant séparée entre chanoines réguliers (vivant avec une règle commune) et chanoines séculiers (vivant « dans le siècle ») indépendants de toute règle.

Quoi qu'il en soit, le collège des chanoines était appelé chapitre, nom qui qualifia également le lieu de leur réunion : ainsi y eut-il des chapitres collégiaux et des chapitres cathédraux, au cours desquels les religieux discutaient consciencieusement de leurs affaires.

Chacun d'eux était consulté et avait le droit d'exprimer son opinion – ce dont étaient privés les serviteurs et autres moinillons – : ils avaient *voix au chapitre*. Aujourd'hui, *avoir voix au chapitre* c'est être écouté dans un milieu particulier et, partant, avoir quelque influence.

Le baiser de Judas

La tribu de Juda était la plus nombreuse et la plus importante des douze tribus historiques du peuple d'Israël. L'une des villes où vivait la tribu se nommait Carioth.

Judas Iscariote était un des apôtres, le douzième. Né à Carioth, son nom lui était tout naturellement attribué et il aurait pu le porter avec honneur. Hélas ! Il vendit le Christ ; il le trahit pour trente deniers…

Le baiser de Judas est tristement connu : selon le signe convenu pour désigner le Christ à ceux qui venaient se saisir de sa personne, Judas alla à lui, au jardin des Oliviers et lui donna un baiser lorsque les prêtres arrivèrent.

Pris de remords, Judas jeta l'argent et se pendit.

C'est dans la *Chronique des ducs de Normandie* que le terme de *judas*, au sens de traître, paraît, devenant ainsi nom commun.

Bâti comme l'as de pique

L'as fut une unité de poids (subdivisée en 12 onces) puis une unité monétaire chez les

Romains (d'abord lingot de cuivre de 327 g avant de ne plus peser que 2,24 g) ; mais c'est dans le jeu que le mot s'est imposé : un seul point marqué sur un dé ou sur une carte.

Et c'est bien dans le jeu de carte que l'as s'est imposé avec les cartes aux couleurs françaises dans le courant du XVe siècle (entre 1422 et 1450) : pique, cœur, trèfle, carreau. On pense que le roi de pique, David, est l'emblème de Charles VII, que le trèfle représente la garde d'une épée, le cœur la bravoure, le carreau et le pique les armes de ce nom.

Comme la forme de l'as de pique se rapproche de celle du croupion de volaille, l'expression a caractérisé cet endroit charnu et apprécié mais s'est par ailleurs appliquée de manière un peu injurieuse à un homme mal vêtu ou mal bâti, large du bas et étroit des épaules : *être bâti comme l'as de pique* s'applique à un homme laid et mal bâti. On dit aussi *être coiffé*, *être vêtu*, etc., comme l'as de pique, ce qui n'est pas plus flatteur !

Battre la chamade

L'art militaire a son vocabulaire et les dictionnaires s'y rapportant ne manquent pas. De même que pour le protocole, il y a des opérations à accomplir en fonction de telle ou telle situation, qu'on soit en temps de paix ou en temps de guerre.

La chamade était le signal que donnaient les assiégés, avec le tambour (le plus souvent), la trompette ou en arborant un drapeau blanc pour avertir qu'ils voulaient parlementer.

Au sens figuré, *battre la chamade* signifie céder ou capituler et l'on sait que le cœur peut, lui aussi, battre à ce rythme, sous l'effet de l'émotion.

Un cœur qui *bat la chamade* n'est pas une capitulation, c'est une belle aventure qui commence.

Battre sa coulpe

C'est le mot latin *culpa* (faute) qui a donné coulpe. Au Moyen Âge, les hommes étaient volontiers démonstratifs dans leurs gestes, sinon dans leurs sentiments, car ils leur accordaient une grande importance, souvent symbolique. Les pénitents, par exemple, manifestaient leurs remords en se frappant la poitrine : c'est qu'ils avaient trois actes requis pour obtenir la rémission de leurs péchés : la contrition, la confession et la satisfaction (châtiment ou punition exercée contre soi-même afin de réparer l'injure faite à Dieu).

L'expression évoque donc la faute *(culpa)* aussi bien que les moyens de s'en repentir (se *battre* la poitrine). Battre sa coulpe c'est aujourd'hui faire son mea culpa, reconnaître ses torts.

On pense aux pénitents de jadis coupables d'adultère, d'homicide ou d'apostasie et que l'on vit dépouillés de leurs vêtements, revêtus d'une robe de lin blanc, venant, pieds nus, sur le seuil de l'église, s'accuser publiquement des fautes commises. En 1261, c'est la ville entière de Pérouse qui fit pénitence publique et implora le pardon. Si l'histoire est pleine de crimes et de péchés elle est aussi riche en remords et en pénitences.

Battre son plein

Voici une expression qui peut être trompeuse.

Battre son plein peut être pris dans un premier sens où le son – le bruit – est total ; ainsi, *la cloche bat son plein* signifie, par exemple, qu'elle a atteint la plénitude du volume sonore possible.

Battre son plein peut aussi vouloir exprimer une notion de plénitude, telle qu'on la trouve dans le langage maritime, dans l'expression *la mer bat son plein* : c'est la « pleine mer », quand, la marée ayant atteint son plus haut niveau – sa plénitude –, elle demeure un temps stationnaire.

Aujourd'hui, dans le langage commun, *battre son plein* c'est connaître son plus haut point d'activité, son intensité ou son affluence la plus grande.

Les beaux esprits se rencontrent

François-Marie Arouet naquit en 1694 et ses dispositions lui permirent d'entreprendre de brillantes études à l'issue desquelles il entra chez un procureur. Mais foin de la basoche, notre homme aimait écrire !… Il devint Voltaire en 1720 et ne cessa de se tailler un empire dans le monde des Lettres (il est reçu à l'Académie française en 1746) tout en voyageant à travers l'Europe.

De son fief de Ferney, il correspond avec les plus beaux esprits de son temps et se fait le défenseur des grandes causes : Callas, Sirven, La Barre, Lally-Tollendal. Est-ce l'homme de justice qu'il faut le plus admirer ou bien le philosophe, l'historien, l'épistolier, le critique littéraire, l'auteur dramatique ?

Le 30 juin 1760 il écrit à M. Thiériot : « Les beaux esprits se rencontrent. » Il soulignait ainsi la situation de deux personnes qui expriment la même idée en même temps, ou font la même chose ; mais encore fallait-il que cette idée ou cette chose en valussent la peine !

Aujourd'hui, l'expression continue d'exprimer l'idée telle qu'elle fut formulée par Voltaire : avoir les mêmes pensées qu'un autre sur un même sujet, et être satisfait de les partager. On dit aussi, dans le même sens : « Les grands esprits se rencontrent. »

Boire à tire-larigot

L'origine de cette expression est, comme beaucoup d'autres, extrêmement difficile à préciser.

Pour certains, un larigot est un petit flageolet qui a donné son nom à l'un des jeux de l'orgue le plus aigu, dont le son fait penser à celui d'une petite flûte : on aurait bu à tire-larigot comme on se sert de la flûte, en suçant goulûment l'instrument. « Flûter » une bouteille vient peut-être de là.

Pour d'autres, la Rigaud était une pièce d'artillerie et les soldats qui l'utilisaient étaient fort assoiffés : ils buvaient comme ils tiraient « à la Rigaud ».

D'autres encore pensent plutôt à l'une des grosses cloches de la cathédrale de Rouen, appelée « La Rigaud », du nom de son donateur. Elle était fort lourde et le sonneur qui « tirait à la Rigaude » avait vite soif ; ne disait-on pas également que le généreux donateur avait également acheté une vigne pour régaler le sonneur ?

Boire comme un Templier

L'ordre du Temple a été fondé par un chevalier champenois, Hugues de Payns, après la première croisade ; son but : assurer la garde des Lieux saints et la protection des pèlerins sur la route du Sépulcre. Il reçut sa règle de saint Bernard, en 1128.

Son essor fut rapide : bien qu'ils aient été chassés de Terre sainte par les Arabes, les Templiers développèrent dans toute l'Europe de nombreuses commanderies ; de multiples donations leur permirent de devenir pratiquement le banquier des pays occidentaux : les rois de France et d'Angleterre leur confièrent la garde du Trésor, ils reçurent pour le pape l'argent de Saint-Pierre et des Croisades.

Les Templiers étaient donc, comme les Lombards, les financiers de l'Europe : cela ne pouvait que leur attirer des inimitiés, d'autant que la rigidité de leur règle avait tendance à s'altérer. Sous Philippe le Bel, ils furent accusés de corruption et le roi leur intenta un procès, avant que le pape ne les condamne à son tour en 1312 : deux ans plus tard, le grand maître fut supplicié, ainsi que de nombreux chevaliers.

De tous les travers prêtés aux Templiers, celui de se comporter comme de solides soudards est resté : *boire comme un Templier*, c'est être un grand buveur, à l'image de la mauvaise réputation qu'on fit à ces hommes-là.

La boîte de Pandore

Créée par Héphaïstos, Pandore était une femme douée et protégée des dieux ; Athéna, en particulier, la couvait ; un jour, elle reçut de Zeus une boîte qui contenait tous les maux.

Pandore épousa le frère de Prométhée et Zeus, pour se venger de ce dernier et de l'humanité qu'il voulait détruire, incita le marié Épiméthée à ouvrir la boîte de Pandore.

Lorsque la boîte fut ouverte, les maux se répandirent sur la Terre et, au fond de la boîte, ne resta plus que l'espérance.

La boîte de Pandore est ce qui peut, malgré les apparences, causer beaucoup de maux ou de désagréments.

Bon comme la romaine

La salade appelée romaine, née à Chypre, fut implantée en Italie. Lorsque François Rabelais se rendit dans la Ville éternelle en 1534, il étudia les variétés nouvelles en botanique et rapporta des graines de romaines pour les offrir à son premier protecteur, l'évêque Geoffroy d'Estissac.

Ce dernier fit semer les graines et eut le plaisir de voir pousser la nouvelle salade dans ses terres du Poitou : tout le monde s'en régala et l'on prit l'habitude d'apprécier les mets par référence à la qualité gastronomique de la nouveauté : c'était *bon comme la romaine*.

Aujourd'hui, la romaine est parfois appelée chicon.

Un bouc-émissaire

L'expiation est une cérémonie religieuse destinée à effacer la souillure. C'est une purification. Pour les Juifs, c'est le Yom Kippour, fête marquée par le jeûne, la prière et l'offrande d'un coq.

Dans la Bible, le jour de l'Expiation, le prêtre chargeait symboliquement un bouc, par des imprécations et des malédictions, de tous les péchés d'Israël, avant de le chasser, sous le nom d'Azazel (« l'émissaire » ou « le renvoyé ») aux confins du désert.

On trouve cette relation dans le *Lévitique* (XVI, 21-22), IIIᵉ Livre du Pentateuque (les cinq premiers livres de la Bible, pour les Grecs, écrits par Moïse, selon la tradition) contenant les lois relatives aux exercices du culte.

Le terme latin fut traduit en français au XVIIe siècle et commença de signifier : personne sur laquelle on fait retomber tous les torts et toutes les responsabilités, qu'on accuse de tous les malheurs qui surviennent.

Un bouillon d'onze heures

« Tout cela, c'est la mer à boire », disait Jean de La Fontaine. Mais un bouillon ? Et à onze heures ?

L'origine est quelque peu mystérieuse et évoque le breuvage que la sorcière prépare pour le soir (onze heures du soir… on n'est pas loin de l'heure fatale !), même si, après coup, on constate qu'il ne s'agit que d'une inoffensive tisane.

Un bouillon d'onze heures, c'est donc un breuvage empoisonné dont les effets néfastes se feront sentir à minuit. En d'autres termes, prendre un bouillon d'onze heures, c'est mourir.

Broyer du noir

Jadis, les plus grands peintres préparaient eux-mêmes leurs couleurs, jaloux de leur procédé de fabrication. Souvent, ils broyaient telle ou telle matière pour en faire une poudre et l'intégrer à leur palette.

En ce sens, *broyer du noir* se comprend comme une manière, pour le peintre, de préparer cette teinte indispensable afin de terminer un tableau.

Dans un autre registre, celui de la digestion alimentaire, le XVIIIe siècle pensait que l'estomac broyait les aliments comme une meule et que la digestion en était le résultat. L'expression est ainsi connue en 1771. La bile noire était, quant à elle, la sécrétion qui provoquait – pensait-on, dès l'Antiquité – des accès de mélancolie. *Se faire de la bile* vient d'ailleurs de là.

Mais le cerveau, à son tour, ne pouvait-il broyer de noires idées ? C'est ainsi que naquit l'expression *broyer du noir*, avec le sens actuel de se laisser aller à des pensées tristes et sombres, ce qui, le plus souvent, ne fait pas voir la vie en rose.

Brûler ce qu'on a adoré

Isaac et Malet, Lagarde et Michard, deux couples d'auteurs dont les célèbres manuels scolaires ont accompagné des générations d'élèves durant leur scolarité. Au début du siècle, on disposait de ce même genre de manuels et les historiens savaient remettre au goût du jour les grands moments de l'Histoire de France.

On aimait beaucoup, en particulier, la scène relatant le baptême de Clovis : l'évêque Rémi prononçait ces paroles, autant à l'endroit du roi qu'à celui des catéchumènes : « Courbe la tête, fier Sicambre, adore ce que tu as brûlé, brûle ce que tu as adoré. »

Peu à peu, la formule s'est cassée en deux et notre siècle a surtout retenu *brûle ce que tu as adoré*, exprimant le reniement d'un sentiment antérieur.

Casser sa pipe

C'est dans *La Verdure dorée* que Tristan Derème a écrit :

> La gloire éclôt, jaunit, se fripe
> Et s'effeuille de l'aube au soir,
> Et j'aime mieux ma pipe
> Que renifler son encensoir.

Une belle origine a été donnée, un temps, à cette expression. Un acteur du boulevard, Mercier, connaissait un grand succès dans une pièce où il tenait le rôle du fameux marin Jean Bart. Il avait l'habitude de fumer la pipe pour faire « plus vrai », chacun connaissant le brûle-gueule que tout homme de mer se doit d'avoir à la bouche.

Un soir, la belle pipe de Mercier lui tomba des lèvres et se cassa. L'acteur venait de s'affaisser, terrassé sur scène. La pipe était cassée et l'acteur était mort.

Il semble pourtant bien établi que l'expression ait été connue du temps de Mazarin. En 1649, une mazarinade parlait en effet de *casser sa pipe* avec le sens de casser son tuyau, c'est-à-dire de mourir.

Casser sa pipe, c'est effectivement rompre « le tuyau » par où passe la vie !

Cela fera du bruit dans Landerneau

Ou comment une pièce de théâtre enrichit notre vocabulaire…

Alexandre Duval (1767-1842) donna en 1796 une petite comédie en un acte, intitulée *Les Héritiers*, histoire d'un officier de marine que l'on a cru mort et qui surgit brusquement dans sa ville d'origine – Landerneau – au milieu de ses héritiers déconcertés pour mettre fin à leurs calculs intéressés.

Le valet Alain, apprenant son arrivée et le rebondissement inattendu des événements, s'écrie : « Oh ! Le bon tour ! Je ne dirai rien, mais cela fera du bruit dans Landerneau ! » Le succès fut au rendez-vous et la petite ville du Finistère située sur l'Elorn, près de la rade de Brest, passait ainsi à la postérité.

Cela fera du bruit dans Landerneau signifie que l'affaire aura un grand retentissement ou qu'il se fera beaucoup de commérages à propos de tel ou tel petit fait.

L'expression a pris un tour plus particulier, puisqu'on parle également du *Landerneau administratif* ou *politique*, c'est-à-dire du petit monde de l'administration ou des sphères dirigeantes avec leurs potins, leur jargon et leurs manies quelque peu dérisoires.

Ce n'est pas le Pérou

Le Pérou ! Voilà bien un nom qui fait rêver !

Aujourd'hui État de l'Amérique du Sud borné par l'océan Pacifique, l'Équateur, le Brésil et la Bolivie, au relief essentiellement formé par la chaîne des Andes qui le traverse entièrement, le Pérou fut fondé par Manco-Capac, chef des Incas.

La capitale était Cuzco – qui signifie « le nombril de la terre » – et cet empire parvint à un degré élevé de splendeur au XVIe siècle, lorsque survinrent les aventuriers espagnols, emmenés par les Pizarre et autres Almagro. La « conquête », on le sait, se fit avec brutalité.

Les derniers Incas furent capturés et mis à mort en 1532 : dès lors, le Pérou devint une vice-royauté espagnole. On y développa à plein l'activité minière, le sous-sol étant très riche. Dans le même temps, les mines furent concentrées dans les mains de quelques grands propriétaires.

Quarante années après les découvertes de Colomb, huit tonnes d'or péruvien étaient parvenues à Séville. Par la suite, des centaines de tonnes furent extraites des mines du Potosi.

Ainsi se créa la réputation du Pérou : un pays riche en or, en argent – voire en étain –, qui faisait rêver les hommes. Aussi, gagner le Pérou commença de signifier qu'on avait accumulé une belle fortune et que l'on avait trouvé un bon filon. À l'inverse, on se mit à dire de quelque chose de peu de valeur que cela n'était « pas le Pérou ».

C'est de l'iroquois

Les Iroquois faisaient partie des quarante à cinquante millions d'hommes d'origine asiatique (des peuplades sibériennes ayant passé le détroit de Behring à la fin de la dernière période glaciaire) qui vivaient en Amérique lorsque Christophe Colomb la découvrit. Il fut surpris de voir que ses habitants se fardaient rituellement le visage avec de l'ocre rouge : ainsi naquirent les « Peaux-Rouges ».

L'Iroquois, en tant que langue, est agglutinant, formé par un système d'articulation simple de cinq voyelles et huit consonnes, comprenant l'iroquois proprement dit, l'oneida, l'onondaga, le seneca, le huron, le tuscatora, le cayuga. La complexité supposée de cette langue fit que l'on dit bientôt *c'est de l'iroquois* pour dire c'est indéchiffrable, incompréhensible, inintelligible.

Les hommes entre eux, n'étant jamais à court de qualificatif amical, disent également : c'est de l'hébreu, du chinois, du grec, etc.

C'est du demi-monde

L'histoire des ancêtres d'Alexandre Dumas est extraordinaire : les aventures vécues par le grand-père et le grand-oncle normands de l'écrivain en Haïti (ils furent négriers et leur débarcadère était situé à Montecristo) ont fortement influencé le « bon Dumas », qui sut, par la plume, être un digne descendant.

Son propre fils ne pouvait faire moins que de se consacrer, lui aussi, à la création. Il mit en scène, plus volontiers au théâtre, des pièces à thèses, influencé qu'il était par ce qu'il avait vu durant son enfance. En 1855, il écrivit *Le Demi-Monde* qui représentait « la classe des déclassées, séparée des honnêtes femmes par le scandale public, des courtisanes par l'argent ».

Le *demi-monde* continue aujourd'hui de définir le monde des femmes déclassées et de mœurs galantes, là où la galanterie s'exerce le plus ouvertement.

Même si un chercheur a montré que le terme existait dans la langue anglaise dès 1823, Dumas fils continue de garder le bénéfice de sa création, le succès de sa pièce en faisant foi.

C'est reparti comme en 14

La Première Guerre mondiale commença en août 1914, dans le plus grand enthousiasme ; la France était sûre de sa force ; on partait à Berlin pour donner une leçon à l'Allemand. Les soldats rejoignaient le front avec un extraordinaire allant, chantant avec entrain, « la fleur au fusil ». On sait ce qui devait suivre : les âpres combats, les innombrables morts, les destins brisés. Quel gâchis !

Mais on se souvint de cet inoubliable départ au front des premiers combattants et l'on s'écria plus tard, dans telle ou telle circonstance enthousiasmante, requérant ardeur, illusion et naïveté : *C'est reparti comme en 14.*

L'expression aujourd'hui signifie recommencer avec ardeur, avec entrain parfois aussi, faire preuve d'enthousiasme alors que les circonstances ne s'y prêtent pas.

C'est un bas-bleu

L'action se passe en 1781, dans un club littéraire anglais animé par lady Montaguë. Le salon était d'ordinaire brillant et animé, mais un personnage, surtout, se distinguait par l'excellence de sa conversation : M. Stillingfleet.

Cet élégant causeur se singularisait par sa tenue, toujours extrêmement stricte et grave. Pour parfaire le tout, il portait invariablement des bas bleus. Peu à peu, l'habitude se prit de parler des bas-bleus et plusieurs clubs adoptèrent ce mot.

Bientôt les dames devinrent des habituées de ces clubs et reçurent, elles aussi, le nom de *bas-bleus*. Au début du XIXe siècle, le mot traversa la Manche et caractérisa des femmes de lettres le plus souvent pédantes.

C'est le sens de l'expression actuelle ; *un bas-bleu* est une femme pédante qui a des prétentions littéraires et pratique la littérature surtout dans les cocktails et les salons.

C'est un bleu

Nous sommes en 1793. Dans l'Ouest les royalistes se soulèvent contre le gouvernement de la

République. C'est l'insurrection, suscitée, chez les paysans, par la Constitution civile du clergé, les décrets contre les prêtres réfractaires ; bientôt ce sera la guerre ouverte alors que l'on réquisitionne 300 000 hommes.

L'insurrection naquit en Vendée, se développa en Poitou, en Anjou, en Bretagne, les Chouans menant violemment l'action et prenant le nom d'armée catholique et royale, commandée par Stofflet, Cathelineau, La Rochejaquelein, Charrette, d'Elbée.

C'est alors qu'une « guerre inexpiable » se déroula entre Blancs (les royalistes) et Bleus (les soldats de la révolution). Pourquoi ces appellations ? La bannière des premiers était effectivement de couleur blanche (symbolisant le drapeau blanc du roi), arborant un cœur et une croix ; quant aux seconds, les soldats de la Ire République française, leur habit était bleu.

Il s'agissait de recrues nouvellement incorporées. C'est pourquoi on les baptisa du nom de *bleus*, qui continue de qualifier les nouveaux arrivés dans le contingent et plus largement les novices.

C'est un champion

Notre monde médiatique s'intéresse de plus en plus aux exploits sportifs. Toutes les disciplines sont concernées et la télévision amplifie largement, par la retransmission en direct, l'intérêt que suscitent ces modernes jeux du stade.

À l'origine, le champion était celui qui combattait dans un champ (du latin *campus*) clos afin de défendre une cause pour lui-même ou pour autrui (au Moyen Âge, on pouvait se faire remplacer dans les combats judiciaires : Dieu ne pouvait que faire triompher l'innocent !).

Peu à peu, toutefois, à partir du XIIIe siècle, le champion n'eut plus la possibilité de représenter quelqu'un que dans certains cas tels que maladie, infirmité, vieillesse, etc.

Aujourd'hui le terme de champion a tendance à s'appliquer aussi à celui qui est considéré comme le meilleur dans sa catégorie, que ce soit dans le monde politique ou dans celui des idées.

C'est un chevalier

> Beau chevalier qui partez pour la guerre
> Qu'allez-vous faire
> Si loin d'ici ?

Ces beaux vers d'Alfred de Musset se trouvent à l'acte III de *Barberine* ; ils rappellent la noble apparence du chevalier, ce personnage un peu mythique des temps anciens.

Déjà, en Grèce, les chevaliers constituaient la seconde classe, l'aristocratie de l'État. Sous les Romains, ils formaient le corps des cavaliers, issus des patriciens, et on leur octroyait de nombreux privilèges.

Au Moyen Âge, on qualifia du terme de chevalier celui qui avait été agrégé à la chevalerie, sorte de confrérie de la noblesse médiévale, qui apparut au XIe siècle. La chevalerie était rattachée à d'anciennes coutumes germaniques, ainsi qu'aux pratiques romaines adaptées et idéalisées par l'Église.

Le chevalier (d'origine noble et qui recevait l'adoubement) devait faire preuve de générosité, protéger le faible et avoir le culte de la femme, base de l'élévation morale dont il devait témoigner. Ce qui le faisait se battre pour la beauté du fait, le plaisir, le renom du combat et la glorification des dames, tout en vouant à l'Église un attachement absolu.

Les sentiments chevaleresques aboutissaient au point d'honneur illustré par un « écu sans tache », au fil des tournois et des cours d'amour : vaste programme pour l'an 2000 !

C'est un esprit frondeur

Vers 1650, circulait en France ce libelle, dirigé contre Mazarin, le cardinal-ministre d'Anne d'Autriche et de Louis XIV :

> Un vent de Fronde
> A soufflé ce matin ;
> Je crois qu'il gronde
> Contre le Mazarin.

La Fronde – plus exactement la guerre de la Fronde – est cette période de troubles politiques qui, entre 1648 et 1653, ébranla le gouvernement de Mazarin, pendant la minorité de Louis XIV. Elle fut la conséquence des expédients que prit ce gouvernement, sur le plan fiscal, afin de combler les difficultés financières qui s'accumulaient et auxquels vinrent se mêler les ambitions politiques du Parlement.

Un conseiller de cette institution précisa à ses confrères qu'il fallait *imiter les frondeurs*, ces enfants de Paris qui s'attaquaient à coups de lance-pierres et prenaient la fuite devant les gens d'armes pour y revenir peu après, une fois le champ redevenu libre.

Un *esprit frondeur* est quelqu'un qui aime condamner, attaquer, se révolter et contredire.

C'est un garnement

Le mot *garnement* vient de la famille du verbe garnir qui contenait l'idée de *protection*. Protection à l'aide d'un vêtement, d'un équipement ou d'une habitation. Par une étrange mutation, ce sens est venu s'appliquer à celui qui « protégeait » – en les faisant travailler pour son compte – des femmes de mauvaise vie. La Fontaine écrivait d'ailleurs : « Le peuple des souris croit qu'on a pendu le mauvais garnement. »

Le *garnement* était désormais devenu un mauvais sujet, un voyou, un proxénète avant la lettre. Mais peu à peu le mot s'est affaibli et *un garnement*, qualifie aujourd'hui un enfant ou un adolescent turbulent plutôt que dangereux et en tout cas à cent lieues du monde trouble de la prostitution.

C'est un vieux renard

Le poète latin Lucien écrivait : « Il est plus facile de tenir dans ses bras cinq éléphants qu'un renard. »

À quoi Juvénal répondait : « Un renard change de poil, non de caractère. »

C'est assez dire si le renard possède une réputation de malignité et de ruse. C'était déjà le cas en l'an mil mais l'animal s'appelait alors goupil (du bas-latin *vulpiculus*).

À partir du XIIe siècle parurent des romans mettant en scène des animaux affublés d'un nom propre ; on y voyait Noble le Lion, Brun l'Ours, Isengrin le Loup, Tibert le Chat, Chantecler le Coq, Pinte la Poule, Grimbert le Blaireau et bien sûr Renart le Goupil.

Le succès fut immédiat et le *Roman de Renart* a traversé les siècles et les frontières : c'est qu'il parodiait la société féodale, outre les mille tours que Renart, en particulier, jouait à Isengrin, son adversaire habituel et aux autres animaux. Renart fut tellement apprécié qu'il laissa son nom au goupil…

Aujourd'hui, on dit d'un homme qu'il *est un vieux renard* pour qualifier quelqu'un de malin, cauteleux et rusé.

C'est un vilain

La mémoire collective conserve certains mots du passé : « Graissez les bottes à un vilain, il dira qu'on les lui brûle », ou encore : « Oignez vilain, il vous poindra. Poignez vilain, il vous oindra. »

Le vilain était ce paysan qui cultivait la terre, ce roturier auquel des tâches modestes pouvaient être confiées. Il pouvait heureusement faire fonctionner *la savonnette à vilain*, comme nous allons le voir.

Jadis, il habitait dans une « villa », c'est-à-dire une ferme. Le vilain ne pouvait que commettre des « vilenies » et les descriptions physiques qu'on en connaît ne lui sont guère favorables.

Puisque le vilain était celui qui n'était pas noble, il était donc « ignoble » et ce sens l'a plutôt emporté ; mais aujourd'hui, être vilain est tout de même moins grave et qualifie ce qui est certes fâcheux ou incommode, mais sans grande conséquence. Le petit garçon ou la petite fille qualifiés de vilain ou de vilaine n'y pensent plus le lendemain...

C'est un vrai cordon bleu

Qui ne connaît le fameux cordon rouge ? Ce ruban moiré et couleur de feu est l'ambition de beaucoup de personnes, puisqu'il représente la Légion d'honneur.

Il existe aussi un cordon bleu, également moiré et bleu, qui représente aujourd'hui l'ordre du Mérite national. Mais sous l'Ancien Régime, ce cordon bleu était celui de l'ordre du Saint-Esprit, fondé par Henri III le 31 décembre 1578. Cette distinction était réservée à l'élite : pas plus de cent membres, dont le roi était le grand-maître, les dauphins et princes du sang admis de droit, très jeunes. Il fallait prouver trois quartiers de noblesse et avoir un âge certain pour recevoir la croix accrochée à cet envié cordon bleu (qui se portait en sautoir, de l'épaule gauche au côté droit).

Au début du XXᵉ siècle, une sorte de mode des cordons bleus se développa. Et s'il y eut le cordon bleu des beaux esprits, il y eut aussi celui des cuisinières. On pourrait également évoquer le ruban bleu qui couronnait les paquebots effectuant la traversée de l'Atlantique dans le meilleur temps.

Bientôt, on dit d'une excellente cuisinière – un peu en guise de plaisanterie – qu'elle était *un vrai cordon bleu*. Le terme est resté.

C'est une autre paire de manches

La manche, c'est cette partie du vêtement dans laquelle on enfile le bras et qui a connu, au cours des siècles, bien des variantes : manches à gigot, bouffantes près de l'épaule, manches pendantes, simples bandes d'étoffe que l'on attachait aux manches de certaines robes de cérémonie, voire fausses manches, ces demi-manches en lustrine destinées à protéger les manches elles-mêmes.

Il semble qu'une coutume ait été à l'origine de l'expression : comme on ne fixait pas les manches aux vêtements de manière définitive – on ne le faisait qu'au dernier moment – les dames d'atour pouvaient remettre leur manche au chevalier qui l'accrochait, en guise de déférence, à sa lance ou sur son écu, pendant le tournoi.

C'était un gage d'amour ou de fidélité amoureuse, qui prit peu à peu un tour particulier : on changeait peut-être fréquemment de manches, au rythme des choix amoureux. *Une autre paire de manches* aurait donc été synonyme d'un autre amour, voire d'une infidélité. Et c'est peut-être ce sens que comprit Mlle de Lespinasse, qui entendit, selon certains mémoires, le naturaliste Buffon utiliser l'expression.

C'est une autre paire de manches, autrement dit c'est une autre affaire, ce n'est pas la même chose.

C'est une pétaudière

L'expression doit beaucoup à Molière et à Rabelais, grands amateurs et créateurs de mots d'esprit : le mot latin *peto* (je prie ou je mendie) en serait l'origine, ou le mot *petere* (je demande) ou encore le verbe *péter*, ce qui, connaissant nos auteurs, n'aurait rien d'extravagant.

Quoi qu'il en soit, le terme de *pétaud* s'appliqua au chef d'une assemblée de gueux, car depuis le

XIVᵉ siècle, on avait l'habitude de désigner le roi des soldats, le roi des paysans, le roi des mendiants, celui des merciers comme des arbalétriers (en somme le chef d'une corporation), d'un sobriquet. Le roi des mendiants devint donc le Roi Pétaud et comme il régnait sur un groupe où tout le monde parlait et commandait à la fois, on ne tarda guère à parler du lieu comme d'une pétaudière.

Rabelais ajouta une connotation certaine au nom avec ce « roi péteur », personnage insolite, fugueur et volage, illustrant parfaitement la notion de désordre attachée dorénavant au nom.

De nos jours, on utilise l'expression *c'est une pétaudière* pour qualifier un lieu de désordre et d'anarchie, une maison où il n'y a ni ordre ni autorité, un lieu de confusion où tout est désordonné, où tout le monde commande.

On n'y respecte rien, chacun y parle haut,
Et c'est tout justement la cour du Roi Pétaud.
(Molière)

La chair à canon

On ne prête qu'aux riches ! Les mots ou phrases prononcés par le jeune Bonaparte puis l'empereur Napoléon sont légion.

Le lieutenant d'artillerie qui fut formé à Brienne excellait dans l'art militaire et son premier exploit eut lieu sur le petit Gibraltar, à Toulon, le 18 décembre 1793. Puis vinrent les campagnes d'Italie, d'Égypte, les glorieuses batailles de la Grande Armée contre les Autrichiens, les Anglais, les Russes.

Il y eut Austerlitz, Iéna, Eylau, Friedland, Eckmühl, Wagram, mais aussi Borodino et Waterloo. À Leipzig, la bataille des Nations réunit tous les protagonistes européens et des dizaines de milliers de soldats, qui s'entretuèrent à qui mieux mieux…

De ces troupes vouées à la mort, Napoléon disait qu'elles étaient de la chair à canon, expression qui parle – effroyablement – d'elle-même.

Une chaleur caniculaire

Canicule est une étoile de la constellation du Grand Chien (Canicule vient du latin *Canicula*, petite chienne). On l'appelle aussi Sirius. Du 22 juillet au 22 août, Canicule se lève et se couche en même temps que le soleil. Elle est donc l'étoile de la chaleur.

Les Romains redoutaient cette période de grandes chaleurs, et afin d'apaiser Canicule, ils lui offraient un chien roux (roux comme le soleil) en sacrifice.

Aujourd'hui, une *chaleur caniculaire* a conservé tout son sens mais, à voir les millions de touristes qui se pressent autour de la Méditerranée sous les auspices de Canicule, il semble bien que cette étoile n'ait plus besoin de sacrifices.

Des châteaux en Espagne

Au XIe siècle, Henri de Bourgogne conquit de nombreux territoires sur les Infidèles, au-delà des Pyrénées, à l'occasion des croisades favorisées par les alliances familiales, l'influence des moines de Cîteaux et des papes bourguignons.

Les chevaliers qui l'avaient suivi furent récompensés par les biens qu'il leur distribua – particulièrement des châteaux ; outre que cela garantissait la sécurité des nouvelles conquêtes territoriales, les générations suivantes eurent un exemple à suivre : quel plaisir que de posséder *un château en Espagne*. L'expression est synonyme de rêve et d'utopies. *Bâtir des châteaux en Espagne*, c'est faire des projets merveilleux.

Chercher des noises

« Cherchez et vous trouverez », disait Confucius, et le Nouveau Testament reprit la formule. Mais on a beau chercher, trouve-t-on facilement l'origine de cette expression ?

Une noise, c'est une querelle, une dispute, dont l'origine remonte au latin *nausea*, qui signifiait nausée. C'est dire que la querelle représentait bien des inconvénients.

Notons que l'anglais a emprunté le terme à notre langue : *noise*, on le sait, veut dire bruit outre-

Manche. La vieille querelle franco-britannique fut souvent bruyante, il est vrai !

Chercher des noises à quelqu'un c'est lui chercher une querelle, vouloir une dispute de mauvais aloi.

J'oubliais ! Il existe une jolie variante : « chercher noise pour noisette » ; chercher querelle pour une noisette c'est-à-dire pour presque rien.

Le cheval de Troie

La ville de Troie (aussi appelée Illion ou Pergame) était la capitale de la Troade, en Asie Mineure, et aurait été en butte aux désirs d'expansion des Grecs ; d'où la guerre de Troie, aux nombreux épisodes, tous fameux.

Les Grecs assiégeaient Troie sans succès depuis dix ans. Ils amenèrent devant la ville un immense cheval de bois, empli de guerriers ; les Troyens, sans méfiance, abattirent un pan de mur et le cheval fut dans la place : les guerriers sortirent alors que la troupe, à l'extérieur, attaquait la ville.

Troie fut prise grâce à cette ruse ; l'image est restée, l'expression également.

La cheville ouvrière

Au temps des voitures à cheval, la cheville était une pièce essentielle de l'attelage. Elle reliait le train avant au corps de la voiture et, à ce titre, était soumise à dure épreuve. On prit bientôt l'habitude de dire de cette grosse cheville qu'elle « travaillait », dans le sens « d'être travaillée » par des forces et des contraintes physiques. Au XVIIIe siècle, cette même pièce fut appelée *la cheville ouvrière* puisqu'elle était l'élément essentiel de l'attelage.

L'expression s'est conservée dans notre langue et *la cheville ouvrière* désigne celui ou celle qui est un élément essentiel d'une entreprise ou d'une action.

La cinquième colonne

L'histoire ne connaît pas les frontières, du moins linguistiques. *La cinquième colonne* est une expression née en novembre 1936, lorsque les nationalistes attaquèrent Madrid.

Ils annoncèrent à la radio que la capitale allait être prise par cinq colonnes d'hommes en armes, quatre avançant déjà sur les quatre routes principales menant à la capitale, la cinquième formée à l'intérieur même de la ville par les sympathisants de Franco.

Cette cinquième colonne représentait bien les traîtres à la démocratie, les espions à la solde de l'ennemi de la liberté. L'expression désigne aujourd'hui les espions, les traîtres de l'intérieur qui minent, par leur propagande, leurs intrigues, voire leurs attentats la confiance d'un pays.

La cinquième colonne qualifie également les services secrets d'espionnage ennemi.

Coincer la bulle

Essayez donc de coincer une bulle. Pas si facile !

Un peu avant 1940, les élèves de l'École de géodésie Baille avaient parfois des difficultés à régler la bulle d'un niveau d'eau incorporé à certains instruments astronomiques ou géodésiques avant l'immobilisation pour fixer l'horizontalité.

Les artilleurs eurent ensuite le même problème avec la mise en place de la plaque de certains mortiers, sur lesquels il fallait aussi *coincer la bulle*.

Mais dans l'armée, le système D est toujours le plus fort et finalement on arrivait à passer le temps en... attendant qu'il passe. *Coincer la bulle*, c'est rester sans rien faire, se reposer, expression qui fut notamment très à la mode dans les années cinquante.

Colosse aux pieds d'argile

Daniel, prophète hébreu du VIIe siècle av. J.-C. a connu une existence pleine d'imprévus : il appartenait à la tribu de Juda, fut capturé et emmené comme captif à Babylone ; là, il expliqua les songes de Nabuchodonosor et dans le festin de Balthazar, les trois caractères mystérieux, sauva Suzanne du supplice, fut jeté dans la fosse aux lions et réussit à en sortir, avant d'obtenir de Darius le renvoi des Juifs en Palestine : c'est ce que rapporte *Le Livre de Daniel*.

Les songes de Nabuchodonosor ? Deux rois portèrent ce nom : le premier régna sur Ninive et le second battit un Pharaon sans parvenir à prendre l'Égypte, se « contentant » de Jérusalem ; après une révolte des Juifs, il déporta toute la population, mais finit dans la folie.

Dans son *Livre*, Daniel interpréta l'un de ses rêves : « Voici ce que vous avez vu. Une grande statue, d'une hauteur extraordinaire… tête d'or pur… poitrine et bras d'argent… ventre et cuisses d'airain… jambes de fer… une partie des pieds en fer, l'autre d'argile. »

Depuis, un *colosse aux pieds d'argile* se rapporte à une gloire ou une puissance peu solide et peu durable, fondée sur des bases fragiles.

Un compte d'apothicaire

Un proverbe dit : « erreur n'est pas compte » et un autre ajoute : « les bons comptes font les bons amis ». Peut-être n'était-ce pas le précepte suivi jadis par les apothicaires…

L'ancêtre de notre pharmacien d'aujourd'hui tenait boutique dans un local fort modeste. Là, il préparait, vendait et administrait des médicaments. Cela nécessitait un certain niveau de culture, l'apprentissage de la médecine et de la préparation des drogues. Autant dire que la plupart des clients étaient impressionnés par le savoir de l'apothicaire. Ce dernier, qui vendait aussi des denrées telles que le sucre (sous Henri IV et Louis XIII, par exemple) en était bien conscient.

Aussi l'apothicaire prit-il l'habitude de vendre en petites quantités, mais à des prix élevés, ses remèdes ; très vite, il devint pour le client grugé un trompeur dont les comptes ou mémoires étaient particulièrement redoutés.

Un compte d'apothicaire est aujourd'hui un mémoire sur lequel il y a beaucoup à rabattre et caractérise une facture exagérée sur laquelle chaque article est marqué au prix fort. C'est aussi un calcul compliqué dont les résultats ne valent pas qu'on s'y intéresse.

Connaître sur le bout du doigt

Certains pensent que cette expression est une variante de *savoir sur l'ongle*, qu'Érasme, le grand humaniste du XVIe siècle, considérait comme une métaphore empruntée des marbriers : ces derniers grattaient avec leur ongle la jointure des marbres pour savoir si le travail était bien fait.

Il est peut-être une autre origine qui résiderait dans cette manière que l'on a parfois de lire, en suivant chaque ligne du bout du doigt. *Savoir une chose sur le bout du doigt*, c'est la connaître à fond, et, pour ainsi dire, à livre ouvert.

Convoquer le ban et l'arrière-ban

Sous l'Ancien Régime, tout fief devait le service militaire à son seigneur et c'est par une proclamation que le suzerain convoquait ses vassaux en cas de guerre. Il faut dire que ce dernier avait également le pouvoir de rendre la justice, de lever des impôts et de réquisitionner bêtes et hommes. Il ne s'en privait point… Cela dura des siècles, avant d'être remplacé par une imposition ; notons que la dernière convocation à laquelle procéda le roi de France eut lieu en 1758.

La proclamation se subdivisait en ban – qui s'adressait aux vassaux directs – et en arrière-ban, qui concernait les arrière-vassaux ; c'est-à-dire que le seigneur convoquait ses hommes et ceux de ses subordonnés. Déjà, réunir le ban et l'arrière-ban signifiait que l'on avait recours, pour se défendre, à tout le monde disponible, à tous les hommes en état de se battre.

C'est assez dire l'importance du ban, proclamation solennelle (« ouvrez le ban ») dont le nom se retrouve dans plusieurs expressions : *être mis au ban* de la société, c'est être mis à l'écart ; se trouver en *rupture de ban* s'applique à un condamné quittant le lieu où il est assigné à résidence et plus largement à quiconque renie ou abandonne son milieu.

Il vaut mieux réunir le ban et l'arrière-ban de ses amis pour fêter un événement…

La corne d'abondance

Il existe un très beau poème d'Ovide, tiré de ses *Métamorphoses* : « Tandis que sa main brutale tenait ma corne résistante, il la brisa et l'arracha de mon front mutilé. Les Naïades la remplirent de fruits et de fleurs odorantes, la consacrèrent aux dieux et la Bonne Abondance s'enrichit de ma corne. »

Voilà l'origine fabuleuse de la fameuse *corne d'abondance* : le combat entre Hercule et le fleuve Acheloüs, alors métamorphosé en taureau.

Cette corne, dite également *corne d'Amalthée*, est figurée remplie de fruits et de fleurs, et fut, selon la légende, arrachée (comme dans le poème d'Ovide), de la tête d'Acheloüs, ou de celle de la chèvre Amalthée qui avait nourri Jupiter.

Il y a, sans doute, dans ces légendes une allusion à une partie de la très fertile Lybie, qui a la forme d'une corne de bœuf, et qui fut donnée jadis par le roi Hammon à sa fille Amalthée.

Mais la corne présente un double symbole : pointe, elle évoque le mâle, réceptacle, elle évoque la femme. D'où, dans la tradition latine, sa représentation de la fécondité. *La corne d'abondance* est aujourd'hui l'emblème de l'agriculture et du commerce et c'est bien normal.

Côté cour, côté jardin

Dans *Le Mariage de Figaro*, Beaumarchais dénonce par la voix de Figaro les injustices sociales, l'inégalité des conditions, les privilèges et l'insolence des nobles. Or, il se trouve qu'en ce jour de 1784, aux Tuileries, les comédiens-français répétaient la pièce, installés dans la salle des machines (on attendait la construction de l'actuel Odéon).

La scène où les comédiens répétaient regardait la Seine ; ils avaient donc côté cœur – à gauche – la cour du Palais des Tuileries et à droite un jardin superbe qui s'étendait jusqu'à la place Louis XV (aujourd'hui place de la Concorde).

À gauche : la cour. À droite : le jardin. L'habitude se prit de donner ces noms et de les adopter pour le théâtre. Dorénavant, le côté *cour* serait le côté de la scène qui se trouverait à gauche de l'acteur, le côté *jardin* celui qui se trouverait à sa droite, quand il regarde la scène. *Côté cour, côté jardin*, le succès fut total et la pièce comme l'expression ont traversé les âges.

Une cote mal taillée

La cote, c'était la part que chacun devait payer dans une dépense commune, en particulier en matière d'impôt : aujourd'hui encore chacun paye sa cote, mobilière ou foncière.

Et tailler veut dire « soumettre à l'impôt », se référant à cette taille d'avant la Révolution, soit personnelle, soit réelle, qu'avaient à payer les roturiers. Elle vit le jour vers 1050 et devint perpétuelle en 1445 : c'est dire le nombre des paysans corvéables qui furent aussi « taillables ».

À l'origine, la cote mal taillée était donc simplement une imposition mal établie.

Mais si l'on songe, pour une cote mal taillée, à une tunique mal coupée, on est près de la vérité. On faisait en effet un jeu de mot, se rapportant à une personne plus ou moins bien taillée (habillée) puisque plus ou moins bien « taillée » (imposée).

Et tel un vêtement mal bâti, *une cote mal taillée* (orthographiée *cotte* jusqu'au XVe siècle et que l'on retrouve avec la cotte de maille) est devenue une estimation approximative, un compromis qui ne satisfait personne.

Le coup de Jarnac

Guy Chabot, seigneur de Jarnac, né en 1509, se rendit célèbre le 10 juillet 1547.

Devant le château de Saint-Germain-en-Laye et en présence des membres de la Cour, le baron de Jarnac réglait, l'épée à la main, une affaire d'honneur. Son adversaire, François Vivonne de La Châtaigneraie, était un duelliste réputé. Jarnac risquait gros.

Au cours du combat, le baron réussit à porter un coup inattendu – mais non interdit – au jarret de Vivonne qui s'écroula, se trouvant dans l'impossibilité physique de poursuivre le combat.

Fameux *coup de Jarnac*. Notons que s'il fut honnête, le sens en a été détourné, puisqu'il signifie aujourd'hui un coup donné par traîtrise.

Un coup de Trafalgar

Le cap de Trafalgar se trouve au sud de la péninsule ibérique, entre Cadix et Tarifa, à une vingtaine de kilomètres des côtes du Maroc. Des vents violents soufflent sur la région à peu près toute l'année et le passage du détroit est toujours une épreuve tant par les conditions climatiques que par l'intensité du trafic qui s'y effectue.

Le 21 octobre 1805, l'amiral Villeneuve tente de gagner Naples avec la flotte franco-espagnole de Cadix. Mais alors qu'il s'apprête à franchir le détroit, il est surpris par l'amiral Nelson, au large du fameux cap. C'est un désastre pour les Français. Villeneuve est fait prisonnier et une vingtaine de ses navires sont capturés par les Anglais qui, de leur côté, n'en perdent pas un seul.

Cette victoire britannique aura un retentissement considérable en Europe : en effet, elle marque l'une des toutes premières défaites de Napoléon. Et Nelson qui est tué au cours des combats de ce sombre 21 octobre sera dès lors vénéré comme un demi-dieu.

Un coup de Trafalgar est resté dans la langue française comme l'expression d'un désastre, d'une action rapide, fulgurante et risquée dont la réussite dépendra de la ruse et de la surprise.

La cour des miracles

« Et quel temps fut jamais fertile en miracles ? », s'interrogeait Jean Racine.

À Paris, en tout cas, un lieu reproduisait en la parodiant la suite fastueuse et colorée d'un prince, avec tous ses gens empressés ; ce lieu était un repaire où se réunissaient les gueux et les mendiants de la capitale, en plein quartier des Halles.

À la vérité, c'était plutôt un cul-de-sac, une impasse immonde qui voyait, le soir venu, se retrouver tous les brigands et les faux estropiés ; alors, comme par miracle, le « travail » journalier terminé, les infirmités guérissaient aussitôt, mais c'était souvent pour sombrer dans la beuverie, les plaisanteries salaces ou les règlements de compte.

Victor Hugo a décrit la Cour des Miracles dans *Notre Dame de Paris*, insistant sur ce « cercle magique où les officiers du Châtelet et les sergents de la prévôté qui s'y aventuraient disparaissaient en miettes » ; Théophile Gautier a parlé de ces « coquillards, francs-mitoux, sabouleux… Bohèmes, Égyptiens, Zingari… » auxquels Bertold Brecht donnera la parole dans son fameux *Opéra de Quat'sous*.

Et il est bien vrai qu'il fallut l'action déterminée du lieutenant de police de Louis XIV, le fameux La Reynie, pour parvenir à chasser les gueux de la Cour des Miracles.

Courir comme un dératé

Pline, dans son *Histoire Naturelle*, rapporte que les Anciens desséchaient – en fait, réduisaient et empêchaient de gonfler – la rate des coureurs afin d'améliorer leur performance, en utilisant une décoction de prêles.

La légende fut déformée et, à la fin du XVIIe siècle, des chirurgiens pratiquèrent des essais réels sur des animaux : nul ne put prouver qu'un animal *dératé* courait plus vite que les autres, mais l'idée frappa les gens, qui retinrent seulement l'image du dératé.

Aujourd'hui, l'expression continue de signifier courir extrêmement vite. Plutôt que de se doper, Ben Johnson aurait pu se faire enlever la rate, encore que, à ce qu'on sache, le champion Carl Lewis ne s'est pas livré à une pareille opération.

Courir le guilledou

« Rien ne sert de courir, il faut partir à point. » Telle est la leçon formulée par le bon La Fontaine dans *Le Lièvre et la tortue*. Le bon sens populaire, pour d'autres, dit qu'« il ne faut jamais courir deux lièvres à la fois ». En matière amoureuse, la leçon vaut d'être retenue, surtout lorsque quelqu'un *court le guilledou*…

C'est Agrippa d'Aubigné qui utilise *courir le guildron* pour *courir l'aventure*, pendant qu'on se sert également de *courir le guidrou* pour *fréquenter les mauvais lieux*. Puis le poète Scarron parle en 1644 du *guilledou* qui aurait évoqué le loup-garou.

Plus probablement, le mot vient d'une forme dérivée du verbe *guiller* – tromper – et d'une altération de l'adjectif *doux*, dont le sens évoque l'idée d'attirance sexuelle mêlée à celle de tromperie ou de ruse.

Si *guiller* est tromper, il faut convenir que les prénoms Guillaume, Guillemette, Guillot ou Gilles étaient parfois donnés aux trompeurs ou aux trompés.

Courir le guilledou signifie toujours aujourd'hui rechercher des aventures galantes.

Cousin à la mode de Bretagne

Les Bretons avaient l'habitude de donner le nom de cousin à des parents pourtant fort éloignés, par amitié.

L'usage s'en est répandu et l'on continue de se considérer parfois comme *cousins à la mode de Bretagne*, quand on ne sait pas exactement quel lien familial unit différentes personnes que l'amitié réunit.

Crier Haro sur le baudet

Le *Coutumier de Normandie* précisait que le haro (à l'origine cri de détresse, d'appel au secours) permettait de désigner au public le coupable d'un acte délictueux que chacun avait devoir d'essayer d'arrêter. Il ajoutait qu'il pouvait être « interjeté non seulement pour maléfice de corps et pour chose où il y aurait éminent péril, mais pour toute introduction de procès possessoire ». C'est ainsi qu'est resté *Faire haro sur quelqu'un ou quelque chose*, pour manifester sa réprobation et réclamer un châtiment contre un coupable.

Puis survint le bon Jean de La Fontaine, qui aimait dépeindre dans ses *Fables* le caractère et les défauts de l'homme sous l'apparence des animaux. Dans *Les Animaux malades de la peste*, ces derniers, victimes d'une épidémie (*Ils ne mouraient pas tous, mais tous étaient frappés*), cherchent le coupable qui détournerait d'eux la colère divine, disculpent le lion, le tigre et autres rois de la gent animale. Restait un baudet qui avait brouté un peu d'herbe dans le pré d'un couvent : un âne, autant dire le coupable idéal !

« À ces mots, on cria *haro sur le baudet* », rendant responsable d'un désastre un être inoffensif et d'ordinaire innocent.

N'est-ce pas ce qui survient dans la plupart des « affaires » politiques ?

La croix et la bannière

Le Flamand Guido Gezelle a écrit : « Vivre… Ce n'est demander ici-bas ni paix ni trêve. Vivre, c'est porter la bannière de la croix presque dans les mains de Dieu. »

Au Moyen Âge, une bannière était un signe de ralliement, utilisé par l'armée et les corporations religieuses ; ainsi utilisait-on la bannière de Saint-Denis comme la bannière de France ou d'Angleterre.

La bannière chrétienne recevait une consécration religieuse lors de la cérémonie de bénédiction des drapeaux. On pouvait ensuite l'arborer dans les processions paroissiales, en particulier pour honorer la Vierge.

Quant à la Vraie Croix, il s'agit de celle de Jésus-Christ. Dans les cérémonies que nous évoquions, les crucifix étaient portés au sommet d'une hampe.

La croix et la bannière fait allusion à ces processions où, suivant la Croix du Christ et la bannière de la Vierge, les fidèles défilaient en grand apparat. On comprend, dès lors, que l'expression signifie le comble des cérémonies, des formalités, tout un appareil solennel, de grandes complications : c'est *la croix et la bannière* veut dire qu'on doit employer non sans difficulté tous les moyens de persuasion ou de flatterie pour accomplir son action.

Croquer le marmot

Que les gourmands se détrompent ! Il ne s'agit pas d'une expression culinaire, sous prétexte que notre vocabulaire connaît le *croquembouche*, le *croque-monsieur* et *à la croque-au-sel* ! D'ailleurs, il faudrait un singulier appétit pour dévorer un pauvre marmot. Mais au fait, de quel marmot s'agit-il ?

Dans le langage familier, certes, le marmot est un petit garçon ; mais c'est d'abord le nom que l'on donnait à de petites espèces de singes, ainsi qu'à une petite figure grotesque, de pierre ou de bois qui servait fréquemment de heurtoir à une porte.

On a longtemps pensé que les peintres, faisant antichambre avant d'être reçus par quelque puissant seigneur, dessinaient – *croquaient* – des petits personnages sur le mur ; on a également proposé que le marmot étant la partie figurée d'un chenet, l'expression aurait signifié *tisonner avec ardeur en attendant* ; enfin, le marteau de fonte orné d'une figurine aurait été embrassé par un vassal rendant hommage à son suzerain.

Il semble bien que l'expression vienne de croquer (frapper) le marmot, c'est-à-dire le heurtoir orné d'une figure grotesque jadis placé sur les portes qui restaient souvent closes.

D'où l'expression qui signifie attendre longtemps et en se morfondant.

Cueillir des lauriers

Le laurier est un arbre aromatique de la famille des lauracées, aux feuilles lisses, luisantes, souvent persistantes, à fleurs terminales ou axillaires. Son fruit est une baie de couleur noire.

Les Anciens couronnaient leurs grands hommes avec le laurier-noble (parfois appelé laurier-sauce) et les vainqueurs étaient récompensés par des couronnes de laurier, devenu le symbole de la gloire et du triomphe.

Cueillir des lauriers signifie remporter des victoires.

Dans les bras de Morphée

Morphée était le dieu des songes, dans la mythologie gréco-romaine, fils du Sommeil et de la Nuit. Il caractérise donc parfaitement le sommeil.

Être *dans les bras de Morphée* signifie plaisamment que l'on est plongé dans le sommeil réparateur.

La danse de Saint-Guy

Vitus, né en Sicile, de parents païens, instruit par saint Modeste, fut livré par son père au gouverneur de la province ; il réussit à s'enfuir, fut pris en Lucanie et martyrisé sous Dioclétien : dorénavant, on l'appela saint Vit ou saint Guy.

Son nom a été donné à une maladie – du nom scientifique de chorée – caractérisée par des mouvements musculaires désordonnés, partiels ou généraux, que l'on observe surtout dans les membres.

Si la « chorée de Sydenham » n'évoque pas grand-chose, *la danse de Saint-Guy* est beaucoup plus explicite. Mais sa réputation n'est pas meilleure pour autant.

De but en blanc

L'art de la guerre est fort difficile ; les artilleurs ne me démentiront point, qui vous expliqueront ce qu'est le *but en blanc*.

Il s'agit du second point d'intersection où la ligne de tir suivie par le projectile, à la sortie du canon, coupe la ligne de mire de l'arme. Et la *portée de but en blanc* est la distance du point nommé *but en blanc* à la bouche de l'arme à feu, lorsque toutefois la ligne de mire est dans un plan horizontal. Repos !

On affirme également que *tirer de but en blanc*, c'est « tirer d'une butte en visant, par la ligne de mire, le centre de la cible qui est généralement peint en blanc ». Cela n'exigeait pas de mise au point – il n'y avait pas non plus de hausse mobile – et l'on tirait sans précaution particulière.

De nos jours, *de but en blanc* signifie : sans détour, brusquement, sans aucune formalité ni précaution.

Découvrir le pot aux roses

« Mignonne, allons voir si la rose », chantait Ronsard dans son *Ode à Cassandre*. « Et rose, elle a vécu ce que vivent les roses, l'espace d'un matin », répondait tristement, comme en écho, Malherbe dans sa *Consolation à M. du Périer*.

S'agit-il de ce rose d'une poudre qu'utilisaient les dames pour se maquiller ? Trouver le pot au rose d'une femme voudrait dire que l'on est fort intime avec elle.

S'agit-il de cet appareil qui permettait de distiller l'essence de rose, produit précieux que tous les parfumeurs se disputaient et cachaient soigneusement ?

S'agit-il de la poudre que les alchimistes obtenaient après avoir transformé le vil plomb en or véritable ?

Misons plutôt sur le pot de fard de couleur rose, contenant l'idée de supercherie, et éclairant le sens

71

de l'expression, qui signifie découvrir la fin, le mystère d'une affaire secrète ou d'une intrigue.

Les dieux ont soif

Anatole France (1844-1924) est un peu tombé dans l'oubli aujourd'hui, malgré son prix Nobel obtenu en 1921, et c'est dommage. Il a écrit des poèmes, des ouvrages critiques, quelques pièces de théâtre, des contes, des nouvelles, de nombreux romans et on lui doit une volumineuse correspondance.

France fut une manière de philosophe qui a goûté à toutes les idées au fur et à mesure qu'il avançait en âge, mais en toute liberté. S'intéressant à la Révolution française, il écrivit *Les Dieux ont soif*, titre emprunté au journal de Camille Desmoulins.

Les Dieux ont soif évoque cette période agitée, où « la vie reprend ses droits contre la littérature et l'intelligence ». Le titre exprime que les dieux – ceux des idées et des passions qui mènent les hommes – ont soif de sang et de sacrifices humains, comme les dieux barbares de l'Antiquité.

Les écuries d'Augias

Augias, roi d'Élide, possédait un troupeau de trois mille bœufs ; il s'en occupait si peu qu'il y avait trente ans que les étables n'avaient pas été nettoyées. C'est assez dire le volume d'immondices accumulées !

Prenant conscience de son incurie, il se décida à les faire mettre en état : Hercule reçut l'ordre de nettoyer les lieux – contre un dixième du troupeau en guise de paiement – en une seule journée.

Hercule employa les grands moyens et détourna le cours du fleuve Alphée, qui vint balayer en un instant les ordures accumulées.

L'expression qui a vu le jour après cet exploit, *nettoyer les écuries d'Augias*, signifie réformer radicalement des pratiques abusives.

Et dire qu'Augias refusa de payer Hercule ! Ce dernier se vengea en tuant le roi et en pillant sa ville.

En odeur de sainteté

C'est Graham Greene qui a écrit dans *La Puissance et la Gloire* : « La meilleure odeur est celle du pain. » Voire.

On a jadis rapporté que le corps d'un saint passait pour dégager une odeur suave qui le distinguait des autres cadavres au moment de la mort. Ceux de Philippe de Néri (né à Florence en 1515, fondateur de la congrégation de l'Oratoire à Rome) et de Thérèse d'Avila (née également en 1515 en Espagne ; la lecture qu'elle fit des *Confessions* de saint Augustin entraîna sa conversion, après une vie de frivolité) avaient, paraît-il, cette particularité.

Être en odeur de sainteté signifie être en état de perfection tel qu'une canonisation est envisageable. Aujourd'hui, l'expression s'applique à celui qui bénéficie de bonnes grâces, d'estime et qui est considéré comme un favori.

En son for intérieur

Maxime Gorki écrivait dans *La Petite Mendiante* : « Le monde intérieur de l'homme contemporain est si complexe et si varié qu'à l'étudier on peut totalement et pleinement satisfaire la soif vaniteuse qu'a l'intelligence d'en connaître davantage. »

Le mot latin *forum* désignait le lieu – place publique – où était rendue la justice puis qualifia la juridiction ecclésiastique, l'ensemble des pouvoirs de l'Église en ce domaine.

On distingua alors le *for intérieur* (l'Église condamnant les fautes après les confessions et les pénitences) du *for extérieur* (ce qui touchait à la religion et qui revenait aux tribunaux ecclésiastiques). Dans ce sens, on parlait de lois et coutumes locales, tels les fors du Béarn.

À partir du XVIIIe siècle, le sens évolua : le for extérieur qualifia les institutions civiles, juges et tribunaux, ou le jugement de la société ; le for intérieur s'appliqua au jugement de la conscience sur les choses morales (dans le secret de sa pensée) et, par extension, la conscience elle-même.

Entre la poire et le fromage

Que d'accords, de contrats, de marchés se sont conclus à la fin de repas d'affaires bien arrosés, dans la torpeur que procurent la première digestion et l'effet des alcools. Mais le fromage n'est-il pas servi *avant* le dessert et ne devrait-on pas dire alors, *entre le fromage et la poire* ? Eh bien, non !

Dans les temps anciens, les légumes n'étaient que très rarement servis aux repas. Juste avant le fromage, on croquait seulement une poire bien juteuse pour se laver la bouche et réveiller les papilles. C'était alors un moment de détente (version sobre du célèbre trou normand), avant de déguster les fromages.

Si l'habitude a disparu, l'expression est demeurée, qui marque ce moment, à la fin du repas, où les langues se délient et la sérénité facilite les rapports. Ce peut être parfois dangereux...

Entrer dans la peau de son personnage

« Je suis un mensonge qui dit toujours la vérité », écrit Jean Cocteau pour illustrer le statut du comédien. C'est d'ailleurs là tout le paradoxe ! Et tout l'intérêt du théâtre.

L'expression *entrer dans la peau de son personnage* semble avoir pris naissance sur les planches, c'est bien le moins ! Dans la pièce de Ponsard : *Charlotte Corday*, jouée au Théâtre-Français en mars 1850, l'acteur Bignon tenant le rôle de Danton devait déclarer peu après la première : « Je crois que je suis entré dans la peau du bonhomme. »

Le succès ne fut pas seulement réservé à la pièce. La formule elle aussi fut bientôt en vogue, à tel point d'ailleurs qu'*entrer dans la peau de son personnage*, c'est-à-dire s'identifier parfaitement à son rôle, n'a pas pris une ride. On n'en dira pas autant de l'œuvre de Ponsard !

Entrer en lice

> Nous entrerons dans la carrière
> Quand nos aînés n'y seront plus.

Cette strophe de *La Marseillaise*, chantée pour la première fois à la fête civique du 14 octobre 1792, venait compléter le fameux texte créé par Rouget de Lisle. Mais est-il nécessaire que les « anciens » aient laissé la place pour qu'on puisse entrer en lice ?

Du francique signifiant *barrière* est venu le terme *lice* qui servit, à partir du XIIe siècle, à désigner le champ clos où se déroulaient les tournois ; en effet, le château-fort était par fonction défensif et son enceinte très haute, entourée de douves pleines d'eau, n'enserrait généralement qu'une cour assez restreinte en dimensions, interdisant aux chevaux d'évoluer au gré de leurs cavaliers, qui avaient besoin d'espace pour manœuvrer lances et écus.

Entrer en lice, c'est-à-dire pénétrer dans le lieu des compétitions, a pris peu à peu le sens de s'apprêter à combattre, intervenir dans un débat, car aujourd'hui les tournois sont plus pacifiques et les joutes sont oratoires ce qui ne veut pas dire que les coups portés y soient moins douloureux !

L'épée de Damoclès

Au IVᵉ siècle av. J.-C., à Syracuse, vivait Damoclès, un des courtisans de Denys le Tyran : il vantait sans cesse le bonheur de son maître.

Denys l'invita un jour à participer à un banquet, le revêtit des habits royaux et lui fit servir un fastueux repas par les plus belles courtisanes. Damoclès était ravi.

Jusqu'au moment où Denys le Tyran lui dit de regarder au-dessus de sa tête ; Damoclès vit alors une lourde épée nue, suspendue au plafond par un simple crin de cheval. Il semble qu'il comprit la leçon.

L'épée de Damoclès désigna alors un péril, sans cesse menaçant et provoquant l'angoisse.

Espèces sonnantes et trébuchantes

Jadis, le bon *aloi* (dont la racine a aussi donné *alliage*) correspondait au titre légal des matières d'or et d'argent que contenait la monnaie : on avait un argent de bon aloi ou de l'or de mauvais aloi et il en est resté une expression.

On constatait le bon aloi de la monnaie métallique – la pièce – en la faisant résonner sur une surface dure : plus elle était pure, plus elle résonnait ; posséder des espèces sonnantes était plutôt rassurant. Ainsi Panurge régla-t-il, en faisant tinter une belle pièce sur une pierre, un rôtisseur qui voulait lui faire payer… le fumet d'une viande senti au détour de la rue !

On pesait également la monnaie, pour vérifier la quantité de métal ; on se servait pour cela d'une petite balance très sensible, spécialement conçue pour les corps légers, appelée trébuchet. Les espèces trébuchantes étaient alors les monnaies répondant au poids légal.

Ainsi des *espèces sonnantes et trébuchantes* étaient des espèces qui permettaient un paiement légal et authentique. Plus tard, les espèces sont devenues billets de banques et l'expression désigne aujourd'hui, tout simplement, l'argent en espèces.

L'été de la Saint-Martin

Henri Bosco disait dans le *Mas Théotime* : « L'été s'enfonce dans septembre avec ses grandes poussières, ses buées du matin et, le soir, ses parfums immenses d'herbes sèches, de pins, de rocailles brûlantes et de bois calciné. »

Saint Martin naquit en Hongrie au IVe siècle ; officier dans les légions, il avait un sens aigu de la charité qui l'amena, un jour d'hiver, à partager son manteau avec un pauvre. Il devint évêque de Tours et fonda le monastère de Marmoutier, avant d'être considéré comme l'un des « patrons » de la Gaule.

À Tours, l'abbaye de Saint-Martin était fort vénérée et sa fête – le 11 novembre – était l'occasion d'une célèbre foire : beaucoup de contrats ruraux étaient – et restent encore – signés ce jour-là.

Cette période de l'arrière-saison est souvent l'occasion de très beaux jours, ensoleillés et chauds, que l'on nomme *l'été de la Saint-Martin*. D'ailleurs, la nature, miraculeusement, se met à refleurir à l'automne. Comme l'activité commerciale qui se déroule lors de la foire est intense, l'expression s'est appliquée au regain de jeunesse et de goût de vivre qui prend brusquement certains hommes d'âge mûr. Redoutable *été de la Saint-Martin*.

Être au septième ciel

Une pensée hindoue s'interroge (et nous interroge) : « À quoi bon monter au ciel, puisqu'il faudra ensuite revenir sur terre. »

Certes, mais c'est oublier combien le ciel fut primordial chez nos ancêtres : les expressions comportant le mot ciel sont nombreuses en astronomie, en météorologie, en chimie.

Les astronomes de l'Antiquité voulaient expliquer les mouvements apparents des astres en imaginant diverses sphères transparentes et concentriques à la

Terre : ils « voyaient » sept voûtes de cristal succes-
sives, chacune étant un ciel et l'ensemble formant le
firmament.

On mesurait l'intensité du plaisir par rapport à ces
« ciels », les troisième et septième étant, pour des
raisons symboliques, particulièrement appréciés :
saint Paul fut en extase jusqu'au troisième ciel ;
quant à nous, plus modestement mais non moins
sûrement, lorsque nous sommes *au septième ciel*,
c'est que nous éprouvons un intense bonheur, un
grand ravissement des sens.

Être aux abois

Une expression chinoise de Tchouang-Tseu
(mort environ en 315 av. J.-C.) dit : « Un chien
n'est pas un bon chien parce qu'il aboie beaucoup. »

Cette locution vient directement du vocabulaire
relatif à la vénerie et à la chasse à courre : les abois
– aboiements – sont les cris des chiens entourant la
bête poursuivie, qui s'est arrêtée et fait face à ses
poursuivants. Et l'on dit que le cerf est aux abois
lorsque, après une longue poursuite, il s'arrête,
épuisé, sans pouvoir aller plus loin, et commence à
recevoir les aboiements des chiens qui l'entourent.
Dans la même chasse, on pouvait dire également,
quelques instants plus tôt, lorsque la bête courait
encore en regardant derrière pour vérifier où se
trouvaient ses poursuivants, qu'elle *tenait les abois*.

Aujourd'hui, on dit de quelqu'un qu'il est *aux abois* lorsque, après une « chasse à l'homme », il est dans une situation désespérée, qu'il n'a plus de ressources, est près de sa fin ou de sa ruine, à la dernière extrémité. (On peut appliquer l'expression à une ville, une place ou une forteresse assiégée et qui ne peut plus se défendre.)

Être chocolat

Certains attribuent cette expression au monde de la boxe, le mot *choc* étant un phonème de *chocolat*. *Être chocolat* aurait été, en somme, être choqué, sonné, K.O. L'origine est douteuse toutefois.

D'autres précisent que l'expression remonterait à la fin du siècle dernier, alors que les très appréciés clowns Footit et Chocolat donnaient leur numéro, en 1896, au Nouveau-Cirque de Paris.

Footit était malin et mettait souvent son compère en difficulté dans des scènes au demeurant pleines d'humour. Footit ne manquait pas une occasion de le montrer en disant : « Il est Chocolat », et ce dernier reprenait souvent la complainte en souriant : « Je suis Chocolat. »

Les titis parisiens s'emparèrent de l'expression et lui donnèrent un sens particulier : *être chocolat* commença de signifier être idiot, éberlué, trompé, dupé. C'est encore la signification actuelle.

Être collet-monté

Comme d'autres illustres familles, les Médicis surent lancer la mode (vestimentaire mais pas seulement) et se créer leur clientèle, depuis Cosme surnommé « Le père de la Patrie », en 1400, Laurent dit « Le Magnifique » en 1480 jusqu'à Laurent II qui fut le père de Catherine, née à Florence et mariée à quatorze ans au dauphin de France, futur Henri II.

Malgré sa santé chétive, Catherine eut dix enfants ; sur le plan politique, elle essaya de réconcilier catholiques et protestants, mais ne fut pas étrangère à la fameuse nuit de la Saint-Barthélemy. Cela n'empêchait pas de lancer des modes : ainsi celle des collets montés, pièce d'habillement enroulée autour du cou et qui était une collerette soutenue par du carton ou des fils de fer et de l'empois.

On abandonna peu après la collerette et à la génération suivante, à la fin du règne de Louis XIII puis sous Louis XIV, on utilisa volontiers l'expression pour qualifier quelque chose de suranné et démodé, comme au bon vieux temps… comme au temps des collets montés.

Aujourd'hui l'expression s'applique à ceux qui affectent la pruderie ou une gravité outrée, guindée, affectée, aux pédants et aux prétentieux.

Être comme l'âne de Buridan

Jean Buridan (1295-1360) naquit à Béthune ; ce philosophe scolastique appartenait à l'école nominaliste qui définissait les idées générales comme n'étant que des mots, des noms.

Buridan se détacha du lot et devint recteur de l'Université de Paris, préparant le terrain de la philosophie moderne.

Il aurait proposé un sophisme promis au succès : supposons un âne également pressé par la faim et la soif, placé à distance égale d'un seau d'eau et d'un picotin d'avoine ; l'animal commencerait-il par boire ou par manger ? Ou bien, faute de se décider, se laisserait-il mourir de faim et de soif ?

Le sophisme était contraire à la logique aristotélicienne, mais Buridan faisait progresser la question en introduisant la notion de liberté de l'homme dont les actes ne sont pas déterminés par des causes extérieures.

Aussi, *être comme l'âne de Buridan* signifie ne pas savoir quel parti prendre, hésiter indéfiniment.

Qu'un philosophe soit passé à la postérité en raison d'un âne, cela relativise bien des choses !

Être dans la dèche

L'expression est populaire, voire argotique. Son origine est mal connue. Si on la dit venir de Provence ou d'Anjou (du latin *decadere*, « déchoir »), on a peu d'éléments de certitude, toutefois.

Pourtant, un auteur du XIXe siècle a donné son interprétation : un certain Hann, tambour-major au Cirque-Olympique voulait devenir acteur ; on lui accorda de prononcer une courte phrase dans une pièce où, habillé en tambour-major de la garde, il se faisait réprimander par Napoléon.

L'homme devait dire : « Quelle déception, mon Empereur ! » Mais il était allemand, sa prononciation surprit et l'on entendit, à la première : « *Quelle dèche*, mon empereur ». Le public qui applaudit à ce qu'il croyait être une trouvaille d'auteur fit le reste et reprit l'expression.

Être dans la dèche signifie aujourd'hui être dans la misère ou dans une gêne passagère.

Être en panne

Ah, la maudite panne de voiture, le dimanche soir, en rentrant du sacro-saint week-end ! Il y a vraiment de quoi pester contre le sort…

À l'origine, l'expression est un terme de marine signifiant, en parlant d'un bateau, qu'à la fois sa voilure et son gouvernail sont orientés de façon à neutraliser les effets du vent et à immobiliser le bâtiment. Au XVIIe siècle, *mettre un bateau en panne* consistait à mettre certaines voiles dans un sens et d'autres dans le sens opposé, pour obtenir cette immobilisation.

Dans cette situation, le navire est astreint à changer très lentement de place en dérivant sur un flanc ; la *panne sèche* caractérise la manière de tenir en panne par le seul jeu du gouvernail, sans que l'on ait besoin de commander la voilure.

Être en panne appliqué à l'automobile est né avec le siècle. Mais si la *panne* des marins est voulue, celle de l'automobiliste est toujours imprévisible et accidentelle. Tout le monde sait cela !

Être gros-Jean comme devant

La Fontaine l'a chanté dans *La Laitière et le pot au lait* :

Quelque accident fait-il que je rentre en moi-même,

Je suis Gros-Jean comme devant.

Gros-Jean est un nom propre, devenu depuis long-temps l'appellation du paysan, avec bientôt une connotation péjorative : Gros-Jean serait lourdaud et niais, en même temps qu'ignorant, un peu simple et peu fortuné.

Le pauvre Jean a donné naissance, il est vrai, à un certain nombre d'expressions peu valorisantes : Jean le Veau, pour désigner un imbécile, Jean des Vignes, qualifiant un homme mal avisé, Jean de Lagny, un peu niais et surtout lent, Jean-Lorgne, badaud imbécile, Jean-Farine, un benêt.

Être Gros-Jean comme devant c'est se trouver dans la même situation qu'avant et guère plus avancé, en dépit de ce que l'on a pu faire ou imaginer pour essayer de changer les choses.

Être jusqu'au-boutiste

La Première Guerre mondiale fut terrible jusqu'à la fin. On s'opposait volontiers sur la question de savoir s'il fallait poursuivre les combats jusqu'au bout, en prenant le terrible risque de faire mourir encore tant d'hommes, de part et d'autre, ou au contraire savoir s'arrêter à temps.

Comment décider, dans de telles circonstances, alors que les belligérants étaient si déterminés ? Face aux « pacifistes », qui voulaient l'arrêt des hostilités et la signature de la paix, se trouvaient les « défaitistes » qui acceptaient que l'ennemi l'emportât pourvu que cesse l'hécatombe ; une troisième catégorie, les « jusqu'au-boutistes », étaient partisans de la guerre à outrance jusqu'à la victoire finale.

Le terme *jusqu'au-boutiste* se forgea de lui-même à la fin de la guerre. Il est depuis employé pour désigner les inconditionnels d'une solution, dans tel ou tel conflit, telle ou telle situation bloquée.

Être la coqueluche

La coqueluche fut de tout temps une maladie redoutée : infectieuse, épidémique, contagieuse, elle se caractérise par des quintes de toux d'allure spasmodique et des inspirations longues et sifflantes, appelées *chant du coq*.

Les enfants y sont sensibles et passent par quatre étapes : incubation, invasion, quintes puis déclin ; c'est la reprise respiratoire bruyante – le *chant du coq* – qui caractérise la maladie.

Jadis, les médecins prescrivaient parfois aux malades de porter un capuchon appelé *coqueluche*, afin de garder la tête bien au chaud.

L'expression a alors évoqué, en raison de cet étrange bonnet, « être coiffé de quelqu'un », autrement dit être protégé, surveillé avec affection. Elle signifie encore être le favori, être fort en vogue.

Si tel acteur est adoré par des « groupies », tel autre en est la coqueluche.

Être le dindon de la farce

Le dindon est un gros oiseau gallinacé, dont la tête et le devant du cou sont dénudés et munis de caroncules érectiles, surtout chez le mâle. Entre autres variétés, on connaît le dindon de Sologne, le dindon du Honduras et du Yucatan.

Cet animal, quand il fait la roue, relève les plumes qui recouvrent sa queue ; le mâle possède en outre des éperons. Il a toujours été reconnu pour sa grande sottise.

Au Moyen Âge, dans les farces, ces comédies bouffonnes que l'on jouait fréquemment sur le Pont-Neuf, on appelait *pères dindons* les pères trop crédules et bernés par leurs fils ; *un franc dindon* est d'ailleurs toujours un homme sans intelligence. Dans ces pièces, le père était donc *le dindon de la farce*.

L'expression signifie toujours être victime, dupe, dans une affaire, une entreprise ou une aventure ; faire les frais d'une plaisanterie.

Être marqué à l'A

Jadis, les pièces de monnaie étaient identifiées par une lettre frappée sur l'une des deux faces. Ces lettres furent prises dans l'ordre alphabétique et attribuées selon l'importance du lieu où les pièces étaient frappées.

Le A fut donc tout naturellement réservé à Paris, en particulier dès 1539, étape importante dans les décisions prises par François Ier pour développer l'unité du royaume. La marque AA fut utilisée pour les pièces frappées à Metz, et ainsi de suite.

Entre la première lettre de l'alphabet et la première ville du royaume, on comprend que *marqué à l'A* commença bientôt de signifier : doué d'une éminente qualité, avoir un grand mérite.

L'expression a vieilli, mais avec les délocalisations d'aujourd'hui, on se demande s'il ne vaut pas mieux être *marqué à l'X*... prestigieuse école française.

Être mis à l'index

Index est l'abréviation de *Index librorum prohibitorum*, catalogue des livres défendus. Dès les premiers siècles chrétiens, des ouvrages publiés par les hérétiques furent condamnés par des conciles, bientôt par les États chrétiens.

Ainsi, en Espagne, sous Philippe II, des listes furent dressées par les soins de l'Inquisition. Plus tard, ce furent les papes, à commencer par Paul IV qui, en 1559, fit rédiger par la Congrégation du Saint Office le premier *Index*. Pie V institua ensuite la Congrégation de l'Index.

Être mis à l'index se dit de la défense faite par une autorité d'exposer à la vente un ouvrage, une création et pour une personne de l'exclure, de lui réserver un mauvais accueil, de la mettre sur la touche.

Mais comme l'a dit Léon Bloy en 1915 : « Je me fous absolument de l'Index qui ne représente pour moi qu'un guichet derrière lequel on déshonore l'Église. »

Être né sous une bonne étoile

De tout temps, l'astrologie a joué un grand rôle dans le destin des hommes, qu'ils y croient profondément ou qu'ils soient sceptiques.

Cette science enseigne que les astres exercent une influence sur les destinées humaines et qu'ainsi, pouvant la déterminer, on peut lire l'avenir. On voit quelle utilisation les hommes sans scrupule peuvent tirer de ces dons de vision, en politique comme en religion et, plus simplement, dans la vie quotidienne.

Déjà, il y a deux mille ans, Manilius développait une doctrine astrologique dans *Les Astronomiques*.

Ce poème en huit mille vers donnait les combinaisons des sept principaux astres et des douze constellations.

Tout naturellement, des spécialistes appelés astrologues se mirent à l'étude et ont donné, à l'aide d'horoscopes (commencement de la première « maison » ou point de l'écliptique qui se lève au moment de l'observation), d'innombrables conclusions à l'usage de leurs clients.

On comprend donc ce que signifie l'expression, selon que l'on est *né sous une bonne ou une mauvaise étoile* : c'est avoir – ou pas – de la chance dans la vie, en fonction de ce qu'en ont décidé les astres. La justesse de vue est souvent contestable mais c'est toujours d'un excellent rapport financier !

Être sur la sellette

Jadis, on obligeait tout accusé à s'asseoir sur un petit siège de bois, très bas, appelé sellette. L'homme qu'on interrogeait ainsi avait la plupart du temps commis un délit qui pouvait entraîner une peine afflictive : il était réellement sur la sellette.

Là, on le pressait de questions pour l'obliger à avouer ses crimes. L'avantage psychologique des juges sur l'homme était incontestable et les humiliations ne manquaient pas pour pimenter la situation.

Si l'expression signifiait « être exposé au jugement d'autrui, à la critique », elle a aujourd'hui un sens plus large : quiconque *est sur la sellette* se trouve en position délicate, qu'il s'agisse d'un étudiant lors d'un oral ou d'un homme politique mis en cause pour diverses questions… et en direct à la télévision !

Être tiré à quatre épingles

Qu'est-ce qu'une épingle ? Une aiguille de laiton, de cuivre, de fer ou d'acier, pointue à une extrémité, ayant une tête à l'autre, qu'on utilise pour fixer quelque chose ; on se sert aujourd'hui d'épingles de nourrice, d'épingles de sûreté, d'épingles à cheveux ou de cravate.

Jadis, les femmes portaient un fichu qui était fixé par quatre épingles, afin qu'il tînt correctement ; on a retrouvé un règlement du XVIe siècle demandant aux pèlerins de passage de donner quatre épingles pour attacher le corset des hommes et les chapeaux de fleurs des femmes. C'est dire combien le désir d'être bien habillé est de tous les temps.

Quoi qu'il en soit, il fallait quatre épingles que l'on fixait aux quatre coins d'une pièce d'étoffe, si l'on voulait qu'elle soit correctement tendue et le tailleur qui essaye un costume ajuste encore de nos jours ses tissus avec des épingles…

Être tiré à quatre épingles signifie aujourd'hui être mis avec une élégance impeccable, un soin méticuleux et au sens figuré s'applique à un discours dont le style est d'une recherche affectée.

Et tout le Saint-Frusquin

Le frusquin était, jadis, tout ce qu'un homme possédait : le pauvre n'avait en général que quelques sous et des nippes, des vieux habits, des vêtements rapiécés. On trouve le mot mentionné en 1628.

Une analogie s'est établie plus tard avec Saint-Crépin, patron des cordonniers, qui représentait l'ensemble de ses outils. Ainsi le *Saint-Frusquin* devenait l'ensemble de tout ce que l'on possédait.

Le *Saint-Frusquin*, aujourd'hui, désigne plus volontiers l'argent que l'on possède, l'avoir en général, dans un sens un peu péjoratif.

L'exactitude est la politesse des rois

Louis XVIII avait reçu une éducation soignée, lui permettant de montrer une bonne culture générale et approfondie en diverses matières ; il avait par ailleurs un esprit acéré et ses formules faisaient souvent mouche.

D'abord comte de Provence, puis comte de Lille, enfin Louis XVIII dès le 8 juin 1795 (date présumée de la mort de Louis XVII), le roi, en raison de ses pérégrinations forcées en Europe, développa un bel esprit de repartie et une bonne appréciation des événements.

Il ne détestait point les maximes et autres pensées, comme certains en écrivaient à l'époque (Chamfort, par exemple) et vers 1820, il donna celle-ci, à méditer encore, car elle est toujours d'actualité : *L'exactitude est la politesse des rois.*

Faire amende honorable

L'amende est aussi ancienne que les régimes que l'homme a établis ! Tous les peuples de l'Antiquité l'ont introduite dans leur système de pénalité. Dans l'ancien droit français, on distinguait celles fixées par les ordonnances et celles laissées à la discrétion des juges.

L'amende honorable consistait à confesser publiquement le crime pour lequel on avait été condamné et à en demander pardon. Pas n'importe comment, mais ce n'était pas n'importe quel crime : le coupable avait souvent causé un scandale public, comme un sacrilège ou une banqueroute frauduleuse ; les faussaires y étaient fréquemment condamnés, ils y perdaient leur honneur. L'homme qui faisait amende honorable se présentait en chemise, la corde au cou ; l'exécution suivait.

La peine de l'amende honorable a été abolie en septembre 1791 par la Constituante, rétablie sous la Restauration et définitivement supprimée en 1830.

Aujourd'hui l'expression signifie : reconnaître qu'on a eu tort, présenter ses excuses, demander pardon, sans qu'il soit nécessaire de se mettre à genoux. Les temps changent.

Faire bonne chère

Dans *Le Cheval s'étant voulu venger du cerf*, La Fontaine a donné ce vers :

> … Que sert la bonne chère
> Quand on n'a pas la liberté !

À l'origine, le mot *chière* qualifiait le visage puis s'appliqua à la mine ou à l'air d'une personne ; ainsi, faire belle, bonne chière s'utilisait pour « faire bon visage, accueillir aimablement », avant de signifier « traiter avec hospitalité ».

Mais la *chair* était forte ! Du moins le mot, qui parvint à attirer à lui *chière* ; peu à peu le bon accueil devint un bon repas, ce qui somme toute paraît bien normal. C'est pourquoi, dès le XVIe siècle, *faire bonne chère* signifia bien manger.

Faire des pataquès

Un soir, au théâtre, un jeune homme est installé dans une loge, à côté de deux femmes du demi-monde peu discrètes et encore moins cultivées mais qui veulent se donner l'air de parler le beau langage en faisant des liaisons. Un éventail tombe à terre. Le jeune homme le ramasse et dit à la première :

– Madame, cet éventail est-il à vous ?

– Il n'est point-z-à moi.

– Est-il à vous, demande le jeune homme à la seconde ?

– Il n'est pas-t-à moi.

– Il n'est point-z-à vous, il n'est pas-t-à vous, mais alors, je ne sais pat-à-qu'est-ce ?

S'il n'est pas sûr que l'histoire soit authentique, elle est néanmoins charmante.

Faire des pataquès équivaut à parler en faisant des erreurs grossières de langage, des liaisons fausses notamment, et à commettre des gaffes. Par extension, l'expression s'applique à un discours incompréhensible et confus.

Cela survient parfois t-aux meilleurs orateurs…

Faire des salamalecs

Chaque peuple possède ses habitudes, qu'il n'est pas toujours facile de partager. L'Histoire est pleine d'exemples à ce sujet. Ainsi les Turcs, qui utilisaient volontiers une formule particulière pour se saluer : tout en portant la main à la poitrine, ils disaient *Salamaleikoum*, signifiant : « La paix soit avec vous, salut sur toi. »

Gestes et paroles furent évidemment mal « traduits » dans le cours des siècles et la formule est devenue *salamalec*, vidée de sens et n'exprimant plus que les révérences.

Faire des salamalecs, c'est aujourd'hui faire des révérences à outrance et donner dans l'obséquiosité.

Faire du potin

La potine était un petit pot de terre cuite dans lequel on mettait des braises. Et c'est autour des potines que se déroulaient les veillées. Chacun avait la sienne, il faisait bon, on pouvait bavarder.

Et de quoi étaient faits ces bavardages ? La plupart du temps des affaires courantes, des ragots, des réputations qui se faisaient et se défaisaient, etc. Le tout dans un bourdonnement où chacun avait quelque chose à dire.

De *potine* à *potin* il n'y avait qu'un *e* ; et si les antiques pots de terre ont disparu, les *potins* demeurent. Et *faire du potin* c'est-à-dire faire du bruit a conservé l'idée de bavardages confus qui dérangent les proches voisins.

Faire Florès

Au XVIe siècle, un roman qui fut bientôt célèbre racontait les aventures de Florès de Grèce. Même si ce nom fait penser au mot latin qui signifie « fleur », c'est le héros, brillant et élégant, qui réussit à s'imposer dans le vocabulaire.

Faire Florès signifiait jadis « manifester une grande joie » et a aujourd'hui le sens de : connaître de grands succès, réussir brillamment, incluant par ailleurs l'idée de grand nombre.

Faire la nique à quelqu'un

Voilà qui n'est guère gentil !

Au Moyen Âge, on appelait nique ou « faire le niquet » un signe de mépris ou de dérision consistant à lever le nez en l'air avec un profond air d'impertinence.

De l'attitude prise par le personnage qui « faisait le niquet », un peu arrogante sinon moqueuse, s'est formée l'expression *faire la nique* qui signifie aujourd'hui se moquer de quelqu'un, le narguer, lui montrer qu'on se soucie fort peu de lui.

Faire le Jacques

Jacques est le surnom donné volontiers au paysan français dans les siècles passés. On ne l'appréciait guère, ce Jacques ! On le trouvait assez niais ou stupide, voire simple d'esprit. Mais n'était-ce pas plutôt une conséquence de la peur engendrée par les réactions violentes des « Jacques » que les nobles baptisèrent jacqueries ?

Tout le monde avait encore en mémoire la jacquerie de mai 1358, lorsque les paysans du Beauvaisis, profitant de la captivité de Jean le Bon en Angleterre et de la rébellion d'Étienne Marcel contre le Dauphin, se soulevèrent contre les nobles. Aidés d'artisans, de petits marchands, de sergents royaux et de quelques prêtres, les paysans attaquèrent les châteaux, les brûlèrent, les pillèrent.

Cela dura un mois, puis Charles le Mauvais extermina les révoltés devant la ville de Meaux. On se retrouverait en 1789…

Le surnom de Jacques (voire de Gilles ou de Guillaume) resta au paysan et on l'appelait aussi parfois Jacques Bonhomme : il avait cessé de faire peur et on s'en moquait un peu.

Dès lors *faire le Jacques* commença de signifier faire l'imbécile, se conduire stupidement.

Faire le mariolle

La Vierge Marie a eu, dans le langage populaire, plusieurs diminutifs, dont celui de Marion, puis celui de Mariolle.

Au XIIIe siècle, ce mot passait « pour un terme de mépris désignant la Vierge Marie » et caractérisait en conséquence un personnage peu édifiant.

Un mariolle est celui qui fait le joli cœur, le godelureau, l'intéressant ; il *fait le mariolle*.

Faire ripaille

Au XVe siècle, le duc de Savoie, Amédée VIII, affligé par la mort de son épouse, Marie de Bourgogne, et ayant par ailleurs renoncé à la tiare pontificale qu'il avait portée quelques années décida de se retirer dans un prieuré de Haute-Savoie afin d'y mener une vie d'austérité et de méditations.

Entouré de ses proches – seigneurs et compagnons de route –, Amédée VIII mena là une vie monacale d'où les femmes étaient évidemment exclues. Mais les banquets ne manquaient pas et le vin de Savoie était servi en abondance.

Or, le prieuré était celui de Ripaille. Ainsi, très vite, *faire ripaille* voulut dire faire un festin, si possible bien arrosé. L'expression n'a pas retenu le caractère austère de cette vie au prieuré de Ripaille. On dit aussi *ripailler*.

Fier comme Artaban

L'histoire a connu un capitaine des gardes de Xerxès, du nom d'Artaban, qui assassina son supérieur avant de l'être à son tour.

Mais la littérature, par la plume de La Calprenède (1610-1663) fit connaître un autre personnage de ce nom : dans la pièce *Cléopâtre*, l'auteur a créé un homme très fort physiquement, Artaban, dont les aventures se déroulent en un nombre impressionnant de volumes.

La fierté de ce personnage était telle qu'elle passa dans le langage avec l'expression *fier comme Artaban*.

Le fil d'Ariane

Fille du roi de Crète, Minos et Pasiphaé, Ariane, sœur de Phèdre, vécut dans le palais de son père. Un jour Thésée aborda l'île pour accomplir sa mission : tuer le Minotaure.

Ariane tomba amoureuse de Thésée, auquel elle fournit le moyen de sortir vivant du labyrinthe de Dédale : un rouleau de fil dévidé au fur et à mesure.

Thésée enleva la belle Ariane, l'aima, puis l'abandonna sur l'île, alors déserte, de Naxos. Heureusement pour elle, Dionysos l'épousa. Au sens figuré, une *ariane* est une femme délaissée et le *fil d'Ariane* est le moyen de se diriger au milieu des difficultés.

Fin de siècle

Les expressions ne manquent pas qui mettent en jeu le siècle où l'homme vit. Ainsi « Il faut être de son siècle », et « Il ne faut pas devancer son siècle », de Paul-Louis Courier (1772-1825).

Il est difficile de bien se situer dans son siècle ; les centenaires sont peu nombreux, même si les progrès récents de la médecine permettent de vivre bien plus vieux que jadis. Tout de même, on ne trouvera guère d'hommes qui, comme Jean Theurel, naquirent à la fin d'un siècle (1699), en traversèrent entièrement un second et moururent dans un troisième (en 1807)…

Chaque siècle a pourtant connu ses générations de jeunes esprits qui voulaient changer les choses ; n'est-ce pas normal ? À la fin du XIXᵉ et au début du XXᵉ, des jeunes gens voulurent introduire de nouvelles conceptions de vie et stigmatisèrent les êtres peu recommandables de cette *fin de siècle* ; une pièce de Jouvenot portant ce titre fut créée en 1888 et contribua à diffuser le terme ; puis Henri Lavedan, et Gyp (une descendante de Mirabeau…), la romancière de *Petit Bob*, le reprirent et l'appliquèrent à tous les « petits vannés » et les « petits crevés » de l'époque.

Être fin de siècle, c'est être décadent, voire déliquescent, et le comportement *fin de siècle* est toujours d'actualité.

La folle de Chaillot

Chaillot était un village situé hors de Paris, dans les faubourgs en 1659, et introduit dans l'enceinte de la capitale en 1787. On considérait, à Paris, les habitants de Chaillot, ainsi que ceux des villages alentour, comme de « gentils campagnards », pas bien malins, un peu ahuris, sinon fous… devant les merveilles de la capitale. Il en naquit l'expression *folle de Chaillot*, traduisant la supériorité intellectuelle de l'homme de la ville sur l'homme de la campagne.

Plus récemment, la pièce de Jean Giraudoux *la Folle de Chaillot* (1945) redonna vie à cette expression.

Foncer tête baissée

Montaigne lui-même le disait : « Je voudrais aussi qu'on fût soigneux de lui choisir un conducteur qui eût plutôt la tête bien faite que bien pleine et qu'on y requît tous les deux, mais plus les mœurs et l'entendement que la science. »

La tête bien faite ? Encore faut-il pouvoir la conserver.

Dans l'Antiquité puis au Moyen Âge, les guerriers casqués portaient des bassinets à visière pour se protéger le visage des coups d'épée. Cela les obligeait à pencher la tête en avant pour se jeter dans la mêlée. L'attitude des gaillards est un peu celle de nos rudes rugbymen qui, lors de la mêlée, se jettent sur l'équipe adverse, *tête baissée*, pour éviter les coups.

Antiquité, temps modernes, même combat : *foncer tête baissée* signifie aller hardiment, sans redouter les coups.

Fort comme un turc

République depuis 1923, la Turquie – ou plutôt l'Empire Ottoman – est l'État fondé en Asie par Othman, chef d'un peuple de guerriers qui devinrent les Turcs ottomans (en raison de son nom) ou Osmanlis. Cet État s'est développé à coups de conquêtes en Europe, en Asie et en Afrique.

Ces guerriers turcs, ces redoutables Ottomans, ont, dans leurs combats avec les Européens, montré leur courage, parfois leur cruauté ; en tout cas, leur force impressionna, et *fort comme un Turc* qualifie une personne extrêmement robuste physiquement.

Les fourches caudines

Les Romains affrontaient les Samnites ; ils étaient dans un défilé appelé les fourches Caudines et situé dans les montagnes du Samnium, près de l'ancienne Caudium. Ils étaient encerclés et ne purent sortir du défilé qu'en se rendant et en « passant *sous les fourches Caudines* ».

Cet épisode s'est déroulé en 321 av. J.-C. mais chacun en garde la mémoire : par allusion, on passe sous *les fourches caudines* lorsqu'on subit des conditions très dures et humiliantes.

Franchir le Rubicon

En 49 av. J.-C. César est gouverneur de la Gaule cisalpine et a décidé de se rendre à Rome ; il se trouve devant le Rubicon, une petite rivière située entre Ravenne et Rimini, matérialisant la frontière avec l'Italie.

César sait qu'il est interdit à un général romain d'entrer en armes en Italie ; s'il franchit le Rubicon avec son armée, cela signifie qu'il déclare la guerre à la République et viole l'une de ses lois.

Jules César a mûrement réfléchi ; il prononce les mots « alea jacta est » (« le sort en est jeté ! »)… et *franchit le Rubicon*.

L'expression signifie faire un pas décisif et irréversible.

Gagner ses éperons

Shakespeare a écrit : « Celui qui éperonne trop sa monture la fatigue vite, et tel qui mangeait trop goulûment est étouffé par la nourriture. »

Qu'est donc un éperon ? Tout simplement une petite branche de fer munie d'une molette, qui s'adaptait aux talons du cavalier et avec laquelle il piquait les flancs de son cheval quand il voulait accélérer sa course. Ainsi *donnait-on de l'éperon*.

Cela renvoie au monde de la chevalerie et à certains rites : ainsi le nouveau chevalier recevait-il les armes, officialisant son état, en même temps que des éperons, qui symbolisaient son statut de chef. En langage moderne, il « prenait du galon » !

C'est au cours du XIXe siècle, qui redécouvrit les attraits du Moyen Âge grâce aux romantiques… et aux historiens, que le langage retrouva certaines couleurs médiévales. On aima qualifier, par exemple, celui qui faisait ses premières armes avec distinction, en disant de lui qu'il était un « nouveau chevalier ». Il *gagnait ses éperons* quand il obtenait une situation plus élevée.

Des gens huppés

L'écrivain flamand Auguste Snieders (1825-1904) a écrit dans *Bonjour Philippe* : « Les gens riches sont toujours respectueux. Une injure de leur part doit être prise comme un compliment. Bien des gens s'en glorifieraient comme d'une faveur. C'est toujours un avantage d'avoir affaire avec les grands. »

Autrefois, les gens d'importance portaient des plumes à leur chapeau et comme ils ressemblaient aux huppes – oiseaux dont la tête est ornée d'une touffe de plumes – on disait d'eux qu'il s'agissait de *gens huppés*.

Ces gens importants étant la plupart du temps riches et d'allure distinguée, l'expression *gens huppés* continue de désigner des personnes de haut rang et de distinction.

Graisser la patte

On l'aura compris, la « graisse » symbolise la corruption et le gain illicite. Son origine remonte aux habitudes des vendeurs de jambon dont la foire se tenait rituellement sur le parvis de Notre-Dame, à Paris.

L'église touchait une dîme sur le produit des ventes et les marchands, afin de se concilier les bonnes grâces des inspecteurs chargés de la surveillance et de la transparence des opérations (!), leur glissaient dans la main… un gros morceau de lard. C'était au sens propre, *graisser la patte*.

L'origine de l'expression *graisser le marteau* est à peu près similaire, nous l'avons vu plus haut.

Pour s'en tenir à « la patte », l'expression signifie : donner illégalement de l'argent à quelqu'un pour obtenir quelque chose.

L'habit ne fait pas le moine

C'est ce que lançait Shakespeare dans son *Henri VIII*, alors que Sedaine affirmera plus tard : « Ici l'habit fait valoir l'homme, Là l'homme fait valoir l'habit. »

L'habit, c'est le vêtement qui couvre le corps, hormis les « accessoires » comme linge, bonnet ou chaussures. Plus que nous encore, nos ancêtres distinguaient leur semblable à ses vêtements, qui représentaient sa qualité, son statut : l'armure du chevalier, la blouse de l'artisan, la robe du moine. Et il ne faisait pas bon jouer avec cette apparence : le rusé était un trompeur que la société rejetait.

Dès le XIIIᵉ siècle, les *Sermons sur le Carême* donnaient son sens à l'expression, qu'ils reprenaient aux *Décrétales* de Grégoire IX. Il est bien vrai qu'un habit à la française (sous Louis XIV) ou qu'un habit à brevet (sous Louis XV, très chamarré) n'ont rien à voir avec le fameux habit vert de l'Académie.

Les *Fabliaux* et *Le Roman de la Rose* donnèrent, avant Charles d'Orléans et Rabelais, un grand élan à la formule qui se veut prudente et fait la distinction entre l'être et le paraître, que ce soit au plan visuel ou au plan psychologique.

Nous en sommes d'accord : il ne faut pas juger les gens d'après leur apparence, ni leur dehors, souvent trompeurs !

L'heure H

L'expression est récente et date de la Seconde Guerre mondiale.

Il semble que les Allemands aient été les inventeurs de la formule qui servait à désigner le moment de leur offensive ; la presse allemande s'en fit l'écho, mais les Français paraissent avoir mal compris son sens : nous crûmes à un « coup de hache », une offensive-éclair, en somme !

Quoi qu'il en soit, *l'heure H* arriva, malheureusement pour la France, bien plus vite qu'on ne l'attendait. Depuis, la formule est utilisée pour parler d'un moment prévu pour une opération quelconque ou de l'heure décisive de cette action.

En juin 1944, la Normandie vécut à l'heure, si l'on peut dire, du *Jour J* (le *D Day* en américain), manière, sans aucun doute, de se venger des Allemands.

Il y a loin de la coupe aux lèvres

Graham Greene a écrit : « On n'est un être humain que si l'on vide la coupe. »

Ceci paraît bien facile. Ce n'était pourtant pas le cas du temps des Anciens qui mangeaient à demi couchés, habillés d'amples vêtements et buvaient dans des coupes larges autant que basses. On comprend que dans ces conditions, *il y avait loin de la coupe aux lèvres*, car il fallait ramener le récipient plein de liquide à la bouche sans trembler, au risque d'en vider le contenu.

L'expression signifie aujourd'hui qu'il peut survenir bien des événements entre un désir et sa réalisation, entre la conception d'un projet et son aboutissement.

Un impératif catégorique

Emmanuel Kant naquit à Koenigsberg en 1724. Précepteur dans différentes familles nobles de la région, il enseigna à l'université de sa ville natale à partir de 1758 et devint professeur de logique et de métaphysique en 1770. Il devait mourir en 1804. Sa philosophie peut se définir comme une analyse et une critique des données de la science et de la morale.

C'est à partir de 1781 qu'il écrivit ses grands ouvrages, en particulier, en 1785 : *Fondement de la métaphysique des mœurs*.

Dans ce livre, il utilise cette formule : *kategorischer Imperativ*, qu'on a traduit dans notre langue par *impératif catégorique*. C'est le respect du devoir ou de la raison conçu chez l'homme comme le respect de l'humanité en lui et dans les autres : « Agis de telle sorte que tu uses de l'humanité, en ta personne et dans celle d'autrui, toujours comme fin et jamais simplement comme moyen. »

Il s'agit – et c'est le sens actuel de la formule – d'un principe de vie ou de conduite auquel on ne peut ni ne doit se soustraire.

Impossible n'est pas français

Encore une phrase célèbre dans la mémoire collective des Français ! Pourtant, elle n'a pas été exactement prononcée ainsi ; la lettre et l'esprit...

Jean Léonard, comte Le Marois, était un Normand de Bricquebec (où il vit le jour en 1776) dans la Manche ; brave devenu général, il prit part aux guerres du Consulat et de l'Empire, mais resta dans l'ombre de plus grands que lui. Un jour, il « buta » sur un problème et crut bon de s'ouvrir à Napoléon de ce qu'il ne croyait pas possible de réaliser.

L'Empereur lui répondit dans une lettre : « Ce n'est pas possible, m'écrivez-vous : cela n'est pas français. »

La postérité retint seulement l'effet positif de la phrase, qui est devenue pour certains une composante du tempérament français.

Jarnicoton

Chacun sait que le roi Henri IV, s'il utilisait de jolies formules (*Ralliez-vous à mon panache blanc ! Paris vaut bien une messe !*) jurait volontiers, et grossièrement. C'est d'ailleurs ce que lui reprochait souvent son confesseur, le père Pierre Coton.

Ce dernier, né à Néronde en 1564, jésuite, fut prédicateur et confesseur d'Henri IV avant d'être celui de Louis XIII. Il influença tant le bon roi

Henri qu'il exposa ce dernier aux critiques des protestants, avant de privilégier la politique « des dévots ».

Lassé d'entendre le roi jurer – blasphémer, plutôt – à tout moment *Jarnidieu* (qui voulait dire : Je renie Dieu), le père Coton lui conseilla d'utiliser son nom.

Le roi l'entendit volontiers et ne jura plus que *Jarnicoton*, qui voulait simplement dire : Je renie Coton !

L'histoire ne dit pas si le destin du bon père en fut changé.

Jeter aux oubliettes

« La mort nous a oubliés », disait une très vieille femme qui avait ses quatre-vingt-dix ans. « Chut ! », répondait Fontenelle, alerte centenaire.

Les oubliettes étaient ces cachots souterrains qui auraient été aménagés dans certains châteaux féodaux pour recevoir des prisonniers condamnés à la prison perpétuelle et que l'on « oubliait » volontairement en les laissant mourir de faim.

Il faut bien convenir qu'hormis certains prisonniers du Mont-Saint-Michel et de quelques forteresses spécialisées dans la garde de condamnés, la plupart des endroits donnés comme oubliettes se sont avérés être des caves, des fosses d'aisance, des silos ou des citernes.

Mais l'imaginaire collectif a beaucoup travaillé et la Révolution a donné son lot d'images terrifiantes ;

pourtant, les prisonniers étaient plutôt mis en lieu sûr dans les sinistres cages en fer conçues par La Balue et qui se balançaient au moindre mouvement du prisonnier, ne tardant pas à le rendre fou.

Aujourd'hui, être *jeté aux oubliettes* c'est être volontairement laissé de côté et oublié. Pour long-temps !

Jeter le gant

Au Moyen Âge, le gant faisait partie de l'armure, il était en cuir et revêtu de lames métal-liques imbriquées : on l'appelait un gantelet.

C'est sous Henri III que le gant commença d'être porté… par les femmes, et sous Louis XIV qu'on adopta les gants de peau, dont la Suède se fit une spécialité.

Mais, chargé d'une valeur symbolique, le gant à joué un rôle important. Jadis, le vassal remettait son gant droit au suzerain, en guise d'hommage person-nel. Parfois, le seigneur qui chargeait un messager d'une mission lui remettait en dépôt un bâton et un gant, signes d'une délégation des pouvoirs.

Surtout, la coutume consistait pour les chevaliers à jeter leur gantelet à terre lorsqu'ils voulaient défier quelqu'un au combat. Et celui qui se manifes-tait pour combattre contre lui *relevait le gant*, autre définition.

L'idée de conflit a perduré et aujourd'hui, l'ex-pression signifie lancer un défi.

Jeter le mouchoir à une femme

Le poète Alexandre Arnoux a écrit dans ses *Petits Poèmes* :

> Je fais un nœud à mon mouchoir
> Pour me rappeler que j'existe.

Le mouchoir a parfois joué un grand rôle dans les harems…

On rapporte, en effet, que, jadis, les sultans aimaient à se distraire de gentille façon : après avoir longtemps hésité, ils laissaient tomber un mouchoir devant l'élue de leur cœur.

Ainsi *jeter le mouchoir à une femme* signifiait lui donner la préférence, la choisir parmi d'autres.

Un auteur rapporte que le maréchal de Villeroi, se trouvant à Lyon en 1717 pour mater une sédition, profita du séjour pour organiser de nombreuses fêtes et qu'une dame de Paris, l'apprenant, aurait écrit : « Mandez-moi donc à qui M. le maréchal a jeté le mouchoir. »

On pourrait remettre ce jeu à l'honneur.

Jurer ses grands dieux

Dans l'Antiquité, les Grecs donnaient le nom d'Olympe à la montagne de Thessalie où ils plaçaient la demeure de Zeus et de plusieurs dieux.

Zeus habitait le sommet le plus élevé de la montagne, dans un superbe palais construit par Héphaïstos. Les poètes s'emparèrent du mythe et les douze dieux qui habitaient là furent nommés les Olympiens : Zeus, Arès, Poséidon, Héphaïstos, Hadès, Apollon, Héra, Hestia, Athéna, Déméter, Artémis et Aphrodite.

Les Grecs, puis les Latins, prirent l'habitude d'invoquer ces grands dieux dans des circonstances particulières ; ils s'engageaient alors plus volontiers à jurer par ces dieux que par d'autres, moins importants. Ils *juraient leurs grands dieux*.

De nos jours, l'expression signifie faire de grands serments, affirmer solennellement.

J'y suis, j'y reste

322 jours de siège… Sébastopol tenait toujours, malgré les batailles de l'Alma, de Balaklava, d'Inkerman. Le 5 septembre, 814 pièces alliées pilonnèrent pendant 72 heures, anéantissant 7 500 Russes. Le 8, les zouaves de la division Mac-Mahon s'emparèrent à midi de la redoute de Malakoff, clé de la défense russe.

Marie Edme Patrice de Mac-Mahon (descendant d'Irlandais émigrés, né à Sully en Saône-et-Loire en 1808, il avait, lui aussi, commencé sa carrière, en Algérie) pouvait planter le drapeau tricolore sur une éminence et féliciter ses braves zouaves.

Dans le courant de l'après-midi, un général vint prévenir Mac-Mahon de ce que le fort était sans doute miné et que les Russes allaient sûrement faire sauter l'ouvrage ; il insista en demandant l'évacuation. Il ne pouvait en être question pour le général, qui répondit avec hauteur : « J'y suis, j'y reste. »

De fait, peu après, une explosion se produisit, mais sans faire de gros dégâts. Le drapeau français continua de flotter sur les ruines et le siège s'acheva enfin, les troupes de Gortchakov décidant l'évacuation. *J'y suis, j'y reste* s'emploie pour dire que l'on est bien décidé à camper sur ses positions.

Laid comme les sept péchés capitaux

« À tout péché miséricorde », dit le proverbe.

Mais qu'est-ce qu'un péché ? La transgression volontaire de la loi divine, qui procède du péché originel, accompli par ce malheureux Adam, qui entraîna, avec sa propre déchéance, celle de toute sa postérité. Mais s'il y a péché mortel, il y a également péché véniel, tout est question de proportions !

Les sept péchés capitaux sont connus : orgueil, avarice, luxure, envie, gourmandise, colère et paresse.

Si Eugène Sue les a incarnés dans un de ses romans, il ne faisait guère que reprendre la tradition de Jérôme Bosch, qui les avaient peints, et surtout des sculpteurs du Moyen Âge qui les avaient représentés dans la pierre, sur les portails des églises. Ces derniers avaient sculpté des formes hideuses, craignant l'enfer plus que tout ; les péchés, dans leur esprit, ne pouvaient que présenter ces formes mons-trueuses. La peur est parfois bonne conseillère…

On comprend que celui qui est qualifié (gentiment ?) de *laid comme les sept péchés capitaux* n'a guère de chance de tourner la tête aux actrices de cinéma, à moins qu'on ne lui confie le rôle de Quasimodo !

Lancer un ballon d'essai

Les frères Montgolfier (Joseph, né en 1740 et Jacques, né en 1745) ont d'abord été les directeurs d'importantes papeteries à Annonay, avant de devenir les inventeurs des aérostats qui prirent tout naturellement leur nom.

Après la première démonstration de juin 1783, suivie de la présentation au roi, en septembre, à Versailles, eut lieu la première ascension d'une montgolfière avec deux aéronautes : le 21 novembre 1783, Pilâtre du Rozier et d'Arlandes s'élevèrent dans un engin gonflé à l'hydrogène. L'homme venait de s'affranchir de la pesanteur ! Tout un symbole, quelques mois avant la Révolution.

Dans les multiples expériences développées depuis, on a pris l'habitude de lancer avant l'ascension, pour connaître la direction du vent ou la vitesse du courant atmosphérique, un ballon. C'est, au sens propre, un ballon-pilote ou ballon d'essai.

Au sens figuré, *lancer un ballon d'essai*, c'est tester une idée dans le public, jauger la réaction, tâter le terrain. Cela est de plus en plus fréquemment utilisé en politique, mais également dans le monde de la communication et de la publicité.

Loi du talion

C'est une loi en vertu de laquelle le coupable est traité de la même manière que celle dont il a usé (ou voulu user) envers sa victime ; c'est une peine égale et semblable au crime.

La loi du talion était appliquée depuis la plus haute antiquité. Elle existait chez les Hébreux et elle est évoquée dans l'*Exode* : œil pour œil, dent pour dent, main pour main, pied pour pied, fracture pour fracture, plaie pour plaie. On la rencontre chez Solon, dans les Douzes Tables, dans le Coran, etc.

Mais toutes les législations civilisées ont fini par faire disparaître cette *loi du talion* (qualifiée de « loi la plus équitable » par Voltaire), jugée trop barbare et beaucoup trop inique.

Long d'une toise

L'Europe se fera d'abord en unifiant les mesures de poids, de longueur, de capacité, de surface, de monnaie surtout. C'est ce que la France a fait, en son temps, lorsqu'elle a adopté des systèmes uniques, après 1789.

Il le fallait… Rien que pour les longueurs, les unités ne manquaient pas : le point (0,188 m), la ligne (0,225 m), le pouce (2,706 cm), le pied du roi

(0,324 m) et enfin la toise (1,949 m). La toise équivalait à 6 pieds, lesquels valaient 12 pouces, qui valaient 12 lignes, etc. On n'en aurait jamais fini.

Heureusement, le système décimal est venu simplifier tout cela, mais il reste quelques traces dans le vocabulaire, comme *long d'une toise*, qui signifie tout simplement très long.

Manger à la même écuelle

L'écuelle est une pièce de vaisselle, en argent, en terre (ou en bois, la plupart du temps), dans laquelle on servait habituellement le potage ou le bouillon du repas familial.

Une tradition existait encore récemment dans les campagnes de l'Ouest de la France, ainsi que dans le Centre : le jour de leurs noces, les familles faisaient *manger dans la même écuelle* les nouveaux mariés ; geste symbolique de leur entrée dans le cercle élargi.

Manger à la même écuelle signifie de nos jours vivre dans une étroite intimité et par extension, avoir les mêmes sources de profits, les mêmes intérêts.

Mener une vie de bâton de chaise

Un bâton de chaise est bien peu de chose, mais cela rendait tellement service ! Il s'agissait jadis d'une pièce de bois, sorte de bâton mobile, utilisé pour manœuvrer une chaise à porteurs. Ce véhicule à une place des siècles passés était porté à bras d'hommes, à l'aide de deux bâtons de chaise, justement.

La chaise à porteurs fut tout à fait à la mode au XVIIᵉ siècle, mais elle commença à ressembler à une caisse fermée. Peu importe, il fallait la mouvoir avec le même procédé : bras de gaillards indispensables !

Autant dire que les bâtons de chaise – à porteurs – avaient une vie remuante et remuée : ils barraient la porte de la chaise, on les enlevait prestement pour laisser sortir le passager et on refaisait l'opération inverse, tout aussi rapidement, avant de repartir, à vide autant qu'à plein.

Une vraie vie de bâton de chaise ! Expression qui veut dire aujourd'hui : mener une vie désordonnée, très agitée.

Mentir comme un arracheur de dents

Depuis le XVIᵉ siècle, on connaît ce proverbe qui reste d'actualité : « Les gourmands font leur fosse avec leurs dents », que l'on trouve également sous la forme « les gourmands creusent leur tombe avec leurs dents ». Encore faut-il en avoir de solides et hors d'atteinte des pernicieuses caries.

Jadis, le dentiste exerçait son art sur les places publiques ou les champs de foire et il ne pouvait endormir la douleur faute d'analgésiques : il n'avait guère recours qu'à ses sinistres instruments pour procéder à l'extraction.

Mais le dentiste avait une arme « psychologique » : il mentait effrontément à ses patients, affirmant que l'extraction n'entraînerait aucune douleur et que l'affaire serait rapide. Il suffit de voir la grimace du patient, sur certains tableaux rapportant la scène, pour s'interroger…

Mentir comme un arracheur de dents a conservé tout son sens aujourd'hui encore : c'est mentir effrontément.

Une mesure draconienne

Le législateur athénien Dracon se fit connaître au VIIe siècle avant J.-C. pour sa sévérité sans borne. Les délits les plus mineurs étaient punis de mort ou d'exil et les fauteurs de trouble, les simples voleurs se voyaient frappés de peines lourdes, le plus souvent disproportionnées à leurs actes.

Dracon édicta un certain nombre de lois réunies dans le Code Dracon, mais ses excès firent qu'il fut bientôt chassé d'Athènes ; il serait mort en exil bien qu'une autre version de la fin de sa vie veuille qu'il ait été étouffé par des monceaux d'offrandes qu'on aurait jetées sur lui au cours d'une représentation théâtrale. Ces deux versions sont radicalement opposées et ne nous renseignent pas sur le crédit dont il put jouir dans la population.

Une mesure draconienne est une mesure qui rappelle la sévérité de Dracon ; elle est inflexible, rude et parfois difficile à faire admettre.

Mesurer les autres à son aune

L'aune est une ancienne mesure de longueur de 3 pieds 7 pouces et 10 lignes 56 de longueur, soit précisément 1,188 m, du moins pour l'aune de Paris.

On avait également, pour mesurer tant les étoffes et l'arpentage que les itinéraires le pas géographique (5 pieds), la perche de Paris (18 pieds et 3 toises), la perche ordinaire (20 pieds), la perche des eaux-et-forêts (22 pieds), la lieue de poste (2 000 toises) et la lieue commune (2 280 toises). C'est dire combien il existait d'unités de mesure, sans compter que chaque pays avait les siennes. L'aune pouvait ainsi varier de 0,513 m à 2,322 m ! Il fallut attendre 1834 pour que l'aune soit abolie définitivement.

On comprend que chacun puisse *mesurer les autres à son aune*, c'est-à-dire juger d'autrui par soi-même, avec sa propre capacité et son appréciation. Comme disait Montesquieu : « Les gens de Paris mesurent tout à leur aune. »

Mettre au violon

Le poète Arno Holz (1863-1929) chante dans *Soudain un violon* : « Soudain, d'une fenêtre, légers, filés, enflant leur onde, purs et profonds, grâce perlée, essor qui se débat, désir qui fuse, joie qui chante, eau mouvante, flamme qui monte, or qui palpite, douceur, lumière, moelleux d'argent les sons fondants d'un violon. »

La musique adoucit les mœurs, dit-on. Et peut-être les mauvais caractères. Car la prison du bailliage du palais de Justice de Paris servait, selon un témoin du temps de Louis XI (toutefois sujet à caution), à enfermer des pages, des valets qui passaient leur temps à crier et jouer.

Il y avait aussi, dûment établi par bail, un violon fourni par les luthiers de la capitale, destiné aux loisirs des prisonniers. L'expression naquit et telle une portée de notes, s'envola dans le ciel de Paris : on comprit que « mettre dans la prison qui attient à un corps de garde » devenait *mettre au violon*.

On le dit toujours même si les violons ont quitté nos modernes prisons.

Mettre la table

Ou comment les habitudes quotidiennes peuvent changer !

Jadis, on voyageait de château en château avec ses bagages et avec tous ses ustensiles, transportés dans les chariots que tiraient les chevaux. On se hâtait. Lentement…

Arrivés à l'étape, on déchargeait le matériel et, en particulier à l'heure du repas, on « mettait la table », autrement dit, on apportait une grande planche que l'on posait sur des tréteaux. Il ne restait plus, alors, qu'à disposer une belle nappe sur l'ensemble et le tour était joué : la table était mise, au sens propre.

Après le repas, les serviteurs faisaient l'opération inverse, ce qui était rapide car le nombre d'objets n'était pas important : quelques plats, verres, coupes et couteaux suffisaient. Cela était vrai pour les plus riches et les seigneurs, car pour les pauvres paysans, l'opération ne nécessitait pas de tels déménagements.

Aujourd'hui, tout le monde peut *mettre la table* et cela consiste à recouvrir la table d'une nappe et à y disposer les assiettes, les verres et les couverts (d'où *mettre le couvert*). Après le repas, nul besoin de démonter la table… !

Mettre quelqu'un en quarantaine

La quarantaine ! Il y a peu, c'était un âge déjà respectable. Aujourd'hui, on est encore très jeune à quarante ans et beaucoup d'actrices et de comédiens le savent pertinemment. Mais ce n'est pas de cette quarantaine-là dont il s'agit ici.

Certes, le nombre quarante y représente la notion centrale : on connaît la quarantaine-le-roi, institution de Philippe Auguste renouvelée par saint Louis en 1257, interdisant aux seigneurs offensés de se venger durant ce laps de temps. Plus connue, la quarantaine est cette période de quarante jours au cours de laquelle on isolait les personnes et les marchandises en provenance de pays ou de régions où régnait une épidémie.

Il y avait toutefois de nombreux manquements à cette règle, car on ignorait comment se propageait une maladie contagieuse. Si cette mesure avait été réellement appliquée en 1721 à Marseille, la peste ne serait jamais entrée dans la ville, frappant ensuite la région, et tout le pays.

Mettre quelqu'un en quarantaine, c'est le tenir à l'écart pour un certain temps du groupe avec lequel il vit habituellement, le mettre en situation d'isolement forcé.

Mettre sa main au feu

Au Moyen Âge, une des manières de rendre la justice consistait à mettre l'accusé à l'épreuve. Celle-ci était destinée à faire apparaître l'innocence ou la culpabilité de la personne incriminée, sous l'œil bienveillant de Dieu.

Il existait des épreuves plus ou moins redoutables : les duels et les tournois permettaient, par exemple, de prouver lequel des combattants avait le droit pour lui. Mais cela n'avait rien à voir avec l'épreuve du feu.

Cette épreuve du feu consistait, pour l'accusé, à saisir avec la main droite une barre de fer rougie au feu et à la porter pendant une dizaine de pas, ou de placer la main dans un gantelet de fer également rougie au feu ; dans les deux cas, la main innocente, selon la croyance de l'époque, devait être guérie en trois jours. Il y fallait une bonne dose de courage... sinon d'inconscience.

De là nous est venue l'expression *mettre sa main au feu* qui signifie : soutenir une idée, une opinion par tous les moyens, affirmer énergiquement la réalité d'une chose et montrer la force de sa conviction.

Mi-figue, mi-raisin

D'un côté la figue, « réceptacle dont la surface interne est tapissée d'une multitude de fleurs qui laissent place aux fruits gorgés d'une matière sucrée », que l'on trouve en Espagne, Italie, Turquie et Afrique du Nord. Celles de Smyrne sont très estimées.

De l'autre, le fruit de la vigne, « arbuste sarmenteux de la famille des ampélidées », aux fleurs nombreuses disposées en grappe. Les variétés sont innombrables et font rêver : Pinot de Bourgogne, Rouget du Jura, Chasselas de Thomery, Muscat de Hambourg ou d'Alexandrie.

Secs, les figues et les raisins étaient particulièrement appréciés de nos ancêtres et l'on raconte que les Vénitiens faisaient venir des raisins de Corinthe, au prix fort. Les commerçants grecs, afin d'augmenter leurs profits, n'auraient pas hésité à mêler à leur production des morceaux de figue, au moindre prix.

Quoi qu'il en soit, figues et raisins étaient les seuls fruits secs pouvant être mangés en Carême : ils étaient peut-être « mêlés de bon et de mauvais », avant que l'expression ne se transforme en « moitié sérieux, moitié en plaisantant » et signifie aujourd'hui : d'un air à la fois satisfait et mécontent ; ou à la fois sérieux et plaisant ; en même temps de bonne et de mauvaise humeur.

Un morceau de roi

Comme le disait l'historien et homme d'État Adolphe Thiers à propos de la Restauration : « Il y a eu des royalistes plus royalistes que le roi. »

On l'imagine aisément, les rois ne pouvaient que laisser de nombreuses formules dans la langue française : du *roi des rois* à *manger le pain du roi*, du *roi n'est pas mon cousin* à *être heureux comme un roi*, la personne du souverain est prétexte à exprimer toutes sortes de sentiments.

Elle est aussi révélatrice de la manière de se conduire envers les femmes et l'on sait combien les maîtresses furent nombreuses, quel fut leur rôle historique et leur influence sur Henri IV, le « Vert Galant », François Ier, Louis XIV ou Louis XV : tous avaient un goût prononcé pour les belles femmes et ne manquèrent pas de leur faire des enfants…

Que possédaient ces femmes en commun ? D'être appétissantes et désirables et d'apporter au roi de multiples plaisirs. Le *Dictionnaire de l'Académie* parlait déjà de « morceau friand » ou « de bon morceau ».

Voilà pourquoi *un morceau de roi* désigne aujourd'hui une fort jolie femme, désirable et appétissante.

Mort aux vaches !

Ce cri de guerre est célèbre mais il ne doit pas être pris au pied de la lettre. Car en vérité, on ne veut généralement pas la mort de celui à qui est destinée cette charmante apostrophe. (Cependant on connaît les peines encourues pour avoir lancé un « Mort aux vaches ! » en présence de la police ou des forces de l'ordre qui sont la cible de cette expression.) De plus, les paisibles ruminants n'ont strictement rien à faire dans cette histoire. Alors, pourquoi des vaches ?

Sur les guérites des gardes-frontières allemands était écrit en grosses lettres un *Wache* (*garde* en Allemand) prompt à décourager toute tentative d'incursion en Allemagne. Peu avant la Première Guerre mondiale, les Français qui habitaient à la frontière allemande, firent alors la confusion, en un temps où les deux pays voisins ne s'aimaient pas beaucoup. Le *wache* devint bientôt *vache* et l'on ne se priva pas dès lors d'apostropher les plantons de Guillaume II en ces termes.

Tout au long du XXᵉ siècle, on utilisa plus volontiers l'expression pour insulter les agents de police et de gendarmerie.

Les moutons de Panurge

Né en 1494 à la maison de campagne de La Devinière, à côté de Chinon où ses parents demeuraient, François Rabelais est un des géants de la littérature. Après une instruction chez les Cordeliers, il reçut la prêtrise en 1511, mais son désir de savoir était immense, il apprit l'histoire naturelle, le latin, le grec, l'hébreu.

Ces études même le rendirent suspect ; il réussit à devenir médecin à Lyon, fut protégé par le cardinal Du Bellay, vécut à Metz, résigna sa cure de Meudon avant de mourir en 1553.

Ce véritable savant est connu pour ses dissections mais principalement pour ses œuvres, telles que *Gargantua*, *Pantagruel*, *Tiers Livre*, dans lesquelles son observation et son imagination, son sens de la connaissance humaine, son humour, font merveille.

Dans le *Pantagruel*, Rabelais décrit un personnage du nom de Panurge, franc fripon, cynique et dévoyé, un peu couard ; l'homme connaît cent aventures, mais une surtout : pour se venger de Dindenault, un marchand de moutons, Panurge s'embarque avec lui sur le bateau, achète un mouton… et le jette aussitôt à la mer.

L'instinct des autres moutons fait le reste ; hélas pour Dindenault, ils sautent tous à la mer. Depuis 1546, *un mouton de Panurge* qualifie celui qui imite inconsidérément ce qu'il voit faire par un autre, sans avoir recours à son libre arbitre et à son esprit de critique.

Ne pas peser un grain

Selon la définition du dictionnaire, le poids est la force avec laquelle un corps tend à se rapprocher du centre de la Terre, en vertu de sa pesanteur.

C'est dire que les unités de poids ont été, dans les temps anciens, fort diverses : talent, shekel ou sicle, once ou drachme de l'Égypte, obole, mine ou talent de la Grèce, once ou scrupule de Rome.

Les poids grecs, puis romains, furent introduits en Gaule, puis la livre mérovingienne les supplanta : elle valait 325,63 g et 6 144 grains (cela dura jusqu'au XIe siècle où la livre nouvelle fut divisée en 2 marcs et 16 onces).

Le grain était, selon Furetière « le plus petit des poids dont on se sert pour peser les choses précieuses ». Ainsi, un carat de diamant pèse 4 grains et on trouve 480 grains à l'once.

Autant dire que *ne pas peser un grain* signifie que cela n'entre pas en compte et donc, n'a pas beaucoup d'importance.

Ne pas s'embarquer sans biscuit

Est-il un gâteau plus délicat que le biscuit ? Qu'il soit à pâte dure (sablé), à pâte semi-dure (napolitain), à pâte pâtissière (boudoir), à pâte semi-liquide (gaufrette) ou fantaisie (macaron)…

Il existe aussi un biscuit militaire, qui porte bien son nom puisqu'il est cuit… deux fois. Cela le durcit suffisamment pour qu'on puisse l'emmener en voyage.

Les marins l'emportaient dans leur bagage, lorsque la traversée s'annonçait longue : c'était un pain en forme de galette appelé naturellement « biscuit de mer ». Il arrivait même que pour des voyages dépassant six mois, on emportât un pain cuit quatre fois !

Mais la mer est tellement dangereuse. À une époque où l'on ignorait encore les procédés de conservation, mieux valait *ne pas s'embarquer sans biscuit*. L'expression signifie aujourd'hui : ne pas s'engager sans précaution dans une affaire ou une entreprise.

Ni Dieu, ni maître

Né dans une famille bonapartiste, à Puget-Théniers, en 1805, Louis Auguste Blanqui s'affilia à la Charbonnerie dès 1824. Journaliste, répétiteur, ses idées révolutionnaires lui firent prendre part à des manifestations et il commença à connaître la prison à Nice. Participant aux complots de 1831, il écopa d'une (première) année de prison.

Comme il ne croyait pas à la possibilité de transformer pacifiquement la société, il proposait le « coup de main » révolutionnaire permettant de créer un État populaire tout-puissant (un peu le centralisme communiste avant la lettre). Dès lors, Blanqui fut membre de nombreuses sociétés ayant des visées révolutionnaires et il ne passa pas moins de trente-trois années en prison (on le surnommait « l'Enfermé »).

En 1870, il fonda une armée secrète de 2 500 hommes et prépara une insurrection qui échoua.

Après la Commune de 1871, il fut à nouveau incarcéré et déporté, et en 1879, il revenait aux affaires publiques puisqu'il était élu député de Bordeaux (mais son élection fut invalidée). L'année suivante il créa le journal communiste : *Ni Dieu, ni maître*, ce titre étant aussi son slogan. Mais Blanqui mourut quelques mois plus tard. L'expression *Ni Dieu, ni maître* s'emploie toujours pour signifier un esprit libre voire libertaire.

Noces de Gamache

Lorsque les écrivains se mettent à rivaliser dans le grandiose, cela peut atteindre des sommets ; on connaissait les repas « pantagruéliques » que Rabelais faisait servir à ses personnages, Gargantua, Pantagruel et autre Panurge ; mais Maître François est égalé par Cervantès dans *Don Quichotte*, qui date du début du XVIIe siècle.

Gamache, riche paysan, épousa la belle Quitteria – les noces forment un des épisodes les plus fameux du roman. Plus que Rabelais, plus que Flaubert, Cervantès décrit un extraordinaire festin : un bœuf entier cuit à la broche et farci de douze cochons de lait, des moutons, des centaines de poulets, lapins et lièvres, des montagnes de pains, des murs de fromages, d'innombrables pâtisseries retirées à la pelle de grandes cuves d'huile bouillante ; de quoi nourrir une armée.

Certes, on ne pouvait que se souvenir d'une pareille débauche, de ces *noces de Gamache* ! C'est ainsi que l'expression *les noces de Gamache* désigne aujourd'hui tout festin.

O.K.

À l'heure où l'Europe a décidé de se construire, il lui reste à régler un problème fondamental : quelle sera sa langue ? Comment parlera-t-on en Europe ? Souhaitons, pour notre part, que le français soit choisi, comme il le fut à différentes époques.

Mais, quelle que soit la langue adoptée, certains continueront de dire : « O.K. », comme tant d'Américains. Au fait, d'où vient cette locution ? Des États-Unis, bien entendu.

Elle a été attribuée au général Andrew Jackson (1767-1845), président américain peu familier de l'orthographe : il aurait écrit *Oll Korrect* (avec comme abréviation : *O.K.*) en lieu et place de *All Correct*, signifiant : approuvé, tout va bien, c'est bon, parfait, d'accord.

Mais on prétend aussi qu'il s'agirait des initiales d'une expression d'origine indienne ou hollandaise. Nous resterons sur la réserve et continuerons de dire simplement et clairement : « d'accord », lorsqu'il le faudra.

On n'est pas sorti de l'auberge

Au début du XIXe siècle, une affaire criminelle qui fit beaucoup de bruit devait donner naissance à cette expression toujours très employée. Le cadre de cette affaire était une petite auberge située sur une route de montagne, aux confins de l'Ardèche. Les aubergistes qui paraissaient d'une honnêteté sans équivalent profitaient du sommeil des clients pour les assassiner et leur dérober leurs biens. Cela dura vingt ans avant qu'enfin les tenanciers démasqués soient rendus à la justice et exécutés.

L'affaire eut un retentissement considérable dans l'opinion à tel point que chansonniers, trousseurs de vers et auteurs dramatiques s'en inspirèrent jusqu'à la fin du siècle. Mais davantage que ces – souvent – piètres littérateurs, c'est le langage qui a véhiculé jusqu'à nous cette anecdote. L'expression *on n'est pas sorti de l'auberge* l'évoque et signifie que l'on se trouve dans une situation difficile, complexe, de laquelle on ne saurait sortir facilement.

Parler français comme une vache espagnole

L'actualité politique le montre encore : il y a des Basques des deux côtés des Pyrénées. Il semble que jadis les Basques espagnols avaient plus de mal à parler français que les autres. Il en naquit l'expression, vers 1858, *parler français comme un basque espagnol*, bientôt déformée en *vache espagnole*.

Partir en croisade

La croisade, menée contre les Infidèles ou les hérétiques, tirait son nom de ce que ses participants arboraient une croix sur leur habit. Les Croisés ne firent d'ailleurs pas de détail : pas moins de huit croisades entre 1096 et 1270 ! Ce qui a peut-être fait écrire à Léon Bloy : « La folie des Croisades est ce qui a le plus honoré la raison humaine. Antérieurement au crétinisme scientifique, les enfants savaient que le Sépulcre du Sauveur est le centre de l'univers, le pivot et le cœur des mondes. »

Tous les avis sont dans la nature ! Il faut avouer qu'Urbain II et Pierre L'Hermite, saint Bernard et Guillaume de Tyr, ne furent pas toujours suivis par des Croisés de la meilleure inspiration divine. Mais il fallait conserver ou reconquérir la Terre sainte et Jérusalem (ce qui survint en 1229). Chevaliers, soldats, artisans, moines, simples pèlerins partaient en croisade, d'abord poussés par la foi et l'enthousiasme, puis avec l'intention de faire des affaires.

Aujourd'hui *partir en croisade* signifie : s'engager dans une campagne d'opinion et combattre, à une grande échelle, une idée, un fléau, etc. Les raisons, hélas, ne manquent pas !

Passer à tabac

L'origine de cette expression demeure incertaine. On l'aurait employée pour la première fois dans les locaux de la police parisienne, à la fin du Premier Empire. Rappelons que le chef de la brigade de Sûreté était alors le célèbre Vidocq, ancien bagnard haut en couleur.

Or, à cette époque, la criminalité connaissait des taux élevés et on craignait tout autant les conspirations que les actes de ce que l'on appellerait plus tard « la cinquième colonne » (voir page 55). Il y avait donc tout lieu de faire vite avec les suspects pour leur extorquer quelque aveu. Faire vite c'est-à-dire employer tous les moyens… Lorsqu'un agent de police était arrivé à ses fins, il recevait un paquet de tabac en guise de prime. C'est ainsi que serait née l'expression *passer à tabac* qui devait donner tout naturellement *tabasser*.

Aujourd'hui tout sévice corporel est officiellement interdit, et dans peu de temps, il sera peut-être interdit de fumer dans les commissariats. Autres temps autres mœurs !

Pauvre comme Job

La tradition juive fait naître ce personnage biblique dans le Hauran près de Damas ; il vécut après Abraham et avant Moïse.

Les épreuves que lui infligea Dieu – riche et puissant, il perdit ses enfants et ses biens – sont à l'origine de nombreuses expressions : *amis de Job*, ceux qui se moquent de vous dans le malheur, *fumier de Job*, la misère. La plus connue reste *pauvre comme Job* qui désigne une personne frappée par la plus grande indigence.

Payer en monnaie de singe

Au temps du roi saint Louis, une ordonnance édicta l'établissement d'une taxe (en somme un péage) à l'entrée du pont qui reliait l'île de la Cité à la rue Saint-Jacques, sur le Petit-Pont, à Paris. Une exception, toutefois, dont le règlement figurait au *Livre des métiers* : les jongleurs, les bateleurs ou les forains qui possédaient des singes étaient dispensés du paiement du péage à condition que leur numéro soit présenté devant le péager. Gambades ou grimaces tenaient lieu de paiement.

Nombre d'auteurs ont alors utilisé la formule *payer en monnaie de singe* et François Rabelais ne fut pas le dernier, dans le *Quart Livre* notamment, à s'en servir.

Aujourd'hui, l'expression signifie se moquer, faire des plaisanteries au lieu de payer, payer en fausse monnaie ou en paroles moqueuses à l'adresse du débiteur. Une pirouette digne du singe…

Un pays de Cocagne

Encore plus loin que le Pérou, encore plus riche, encore plus beau, le pays de Cocagne !

Dans la bonne ville de Naples se déroulait chaque année au XVIIe siècle une fête qui célébrait le Vésuve. On érigeait alors une sorte de monticule censé représenter le volcan d'où jaillissaient viandes, charcuteries et vins. Ce monticule avait été baptisé *cocagna*, du nom de *Cuccagna*, une petite ville italienne réputée pour sa vie facile et bon marché. Plus tard, on créa le célèbre mât de Cocagne[1],

1. Voir notre *Petit Dictionnaire des mots qui ont une histoire*, Tallandier, 2003.

poteau en haut duquel étaient suspendues des victuailles et des bouteilles de vin qu'il s'agissait d'aller chercher.

Le pays de Cocagne est donc un endroit où l'on trouve de tout en abondance. L'expression *C'est Cocagne*, encore utilisée aujourd'hui en Provence, signifie : c'est facile.

Un péquin

La Chine a toujours fasciné les hommes et particulièrement la ville de Pékin, aujourd'hui immense métropole qui comprend la ville chinoise, la tartare, l'ancienne cité impériale avec son célèbre Temple du ciel.

Les Français n'échappèrent pas à cette fascination et c'est ainsi que l'on baptisa du nom de pékin une espèce d'étoffe de soie, qui fut très en vogue sous Louis XV et qui présentait des bandes alternativement claires et foncées. Cette étoffe était utilisée pour la confection de pantalons destinés aux soldats, et on imagine volontiers que ces derniers ne passaient pas inaperçus ; ces militaires habillés de pékin se distinguaient des civils. Le sens s'est aujourd'hui inversé et désigne un civil.

Une autre histoire rapporte que le mot serait d'origine franc-comtoise et daterait du temps de l'occupation espagnole : les valets du pays auraient été appelés des *petits* (en espagnol *pequeños*) et le mot aurait été repris par plaisanterie lors de l'expédition française en Chine sous Napoléon III.

Quoi qu'il en soit, de nos jours, un *péquin* est un civil… surtout pour un militaire.

La perfide Albion

Dans un poème de la Renaissance, Edmund Spenser parle du « puissant Albion, père du peuple vaillant et guerrier qui occupe les îles de la Bretagne ». Il fait ainsi allusion au géant Albion, le fils du dieu des ondes, Neptune, qui osa, selon la légende, s'opposer à Hercule lorsque ce dernier passa en Gaule méditerranéenne : il vida son carquois de flèches, avant de succomber sous une pluie de pierres dans une plaine baptisée la Crau.

Depuis longtemps, nous avons qualifié de *perfide Albion* cette Angleterre si proche – et à la fois si lointaine. L'adjectif perfide est appliqué à l'Angleterre par Mme de Sévigné et par Bossuet, mais il faut attendre la période révolutionnaire pour voir éclore l'expression *Perfide Albion*.

Souvent utilisée pour évoquer la mauvaise foi de l'Angleterre, puis plutôt par plaisanterie – c'est le sens actuel –, on se demande si après les accords de Maastricht sur l'Europe, l'expression ne va pas reprendre un peu de vigueur…

La pomme d'Adam

« La pomme ne tombe pas loin du tronc », dit une expression allemande ; on pourrait même ajouter qu'elle est tombée sur la tête du pauvre Adam.

D'après la Bible, Adam est le premier homme ; créé à partir du limon de la terre (son nom en hébreu signifie : fait de terre rouge), il vécut d'abord avec Ève, sa compagne, dans le Paradis terrestre.

Hélas ! Ayant touché aux fruits de l'arbre de la science du bien et du mal, malgré la défense divine, il fut chassé de ce paradis par Dieu et condamné au travail et à la mort, ainsi que toute sa descendance.

On connaît l'histoire : succombant à la tentation, il mordit à belles dents dans le fruit (que les clercs, plus tard, nommeraient pomme), mais un morceau lui resta en travers de la gorge. Ce morceau est toujours visible chez tous ses descendants : c'est cette saillie du cartilage thyroïde, situé à la partie antérieure du cou, qui n'existe que chez l'homme et qui porte, évidemment, le nom de *pomme d'Adam*.

Une pomme de discorde

Il était une divinité malfaisante, nommée Discorde : fille de la Nuit, sœur des Parques et de la Mort, mère tout à la fois de la Misère, de la Famine, des Batailles, du Meurtre, des Mensonges. Quelle famille !

Virgile la chanta et lui fit accompagner Mars, Bellone et les Furies. Chassée du ciel par Zeus, elle entra dans une folle fureur, et, furieuse de ne pas avoir été invitée aux noces de Thétis (la plus célèbre des Néréides, la mère d'Achille, célèbre par sa beauté) et de Pélée (qui devait prendre part à l'expédition des Argonautes avant de devenir roi d'Iolchos), elle jeta parmi les invités une pomme d'or qui portait ces mots : « À la plus belle. »

Pâris, choisi comme juge, donna cette pomme à Aphrodite, déesse de la Beauté et de l'Amour, ce qui entraîna la colère des autres déesses. Discorde avait trouvé là un fort beau sujet de dispute, puisque la guerre de Troie devait en découler !

On représente Discorde les yeux enflammés de colère, le teint livide, les cheveux hérissés de serpents, un poignard caché sous ses vêtements. Quel portrait !

Une pomme de discorde est un sujet de dispute, de discussion, une cause de division.

Porter au pinacle

Nous sommes à Jérusalem, la ville sainte des chrétiens, des juifs et des musulmans… La partie antique, dont il reste des vestiges, était plus au sud que l'actuelle, et ceinte de remparts. L'ancienne ville comprend la citadelle, le quartier chrétien avec le Saint-Sépulcre, le quartier arménien, le quartier juif avec le célèbre Mur des Lamentations et le quartier musulman avec la mosquée d'Omar.

Dans cette Jérusalem internationale, se trouvait à l'origine un temple, bâti par Salomon. C'est là que Jésus aurait été transporté lorsqu'il fut tenté par le démon. Sur la partie la plus élevée du bâtiment se trouvait le pinacle, le couronnement en quelque sorte de cet édifice.

Le mot pinacle a généré plusieurs expressions dont *monter au pinacle*, qui signifie « accéder à une situation élevée » et *être au pinacle*, c'est-à-dire « être au faîte d'une carrière ».

Quant à l'expression *porter au pinacle*, elle veut dire que l'on fait l'éloge appuyé de quelqu'un, un peu comme si on le portait au faîte.

Pour des prunes

Ne quittons pas si vite les croisades. En 1148, les Croisés mettent le siège devant Damas. La ville est riche et particulièrement célèbre pour ses prunes dont la saveur, dit-on, est exceptionnelle.

Le siège s'éternise et les Croisés perdent patience. Damas ne cédera pas, et dès lors, il faut faire demi-tour. Que de temps perdu pour rien, tout au plus pour quelques prunes, il est vrai fort savoureuses. Les Croisés en tout cas se désolaient d'avoir fait un voyage aussi long *pour des prunes*. L'expression s'est conservée au fil des âges : elle signifie que l'on a accompli une action pour presque rien.

Prendre des vessies pour des lanternes

Le pauvre homme ! « Il n'avait oublié qu'un point : C'était d'éclairer sa lanterne. » Voilà ce qu'écrivait le poète Florian. Essayons d'éclairer la nôtre.

À l'origine, existait une autre locution : *vendre vessie pour lanterne*, signifiant, au XIIIe siècle, qu'entre une vessie de porc gonflée d'air et une lanterne ronde très ressemblante, ce n'était pas sur les objets que l'on se trompait, mais sur les valeurs que pouvaient représenter l'une et l'autre. Autant dire que l'on vendait du vent.

Mais sans doute l'expression se développa-t-elle sur le sens figuré entre la lanterne vue comme « conte à dormir debout » et la vessie comme une chose creuse, négligeable. Était-il sot celui qui confondait, non pas deux objets très différents, mais croyait à une illusion plutôt qu'à une autre !

L'expression signifie aujourd'hui : se tromper grossièrement, prendre les apparences pour des réalités.

La puce à l'oreille

Depuis que Claude Duneton a écrit un merveilleux livre intitulé *La Puce à l'oreille*, plein de verve et de richesses, il est certes bien difficile de s'exprimer sur le sujet. Nous allons néanmoins essayer : *Ne faites pas la sourde oreille !* Et laissons la plume à Jean de La Fontaine qui écrit :

> Fille qui pense à son amant absent
> Toute la nuit, dit-on, a la puce à l'oreille.

Au Moyen Âge et jusqu'au XVIe siècle, *avoir la puce à l'oreille* signifiait – et Rabelais a fait prononcer l'expression à Panurge – « avoir des démangeaisons amoureuses ». Pourquoi ? Peut-être parce que les picotements ressentis sont un signe, que leur siège soit à l'oreille ou ailleurs dans le corps. Bientôt l'idée de plaisir a fait place à l'idée d'inquiétude.

Aujourd'hui *avoir la puce à l'oreille* signifie être inquiet, préoccupé, se méfier, se douter de quelque chose sur les bases d'une information ténue. Il est vrai qu'avec les puces électroniques qui envahissent toutes nos activités, il y a parfois de quoi s'inquiéter.

Le quart d'heure de Rabelais

Bien qu'il ait été beaucoup plus sérieux que la légende ne l'a décrit, Rabelais s'est parfois trouvé dans de surprenantes situations. On dit volontiers que revenant de Rome (il était secrétaire-médecin du cardinal du Bellay) et passant par Lyon (où il publiait ses livres), il se trouva dans une auberge, sans le sou pour payer son repas.

Jamais à court d'idées, « Maître François » aurait laissé sur la table de sa chambre divers sachets avec les étiquettes suivantes : « poison pour le roi », « poison pour la reine ». On imagine que l'aubergiste s'empressa d'alerter la maréchaussée afin qu'elle arrêtât ce criminel. On dit qu'alors, Rabelais, emmené jusqu'à Paris, fut reconnu par le roi qui lui sourit et lui offrit à dîner ; une autre version des faits rapporte qu'il se serait retrouvé en prison… devant une écuelle garnie.

Le quart d'heure de Rabelais évoque le redoutable moment de payer quand on n'a pas d'argent et par extension, toute situation désagréable, fâcheuse, déplaisante. Mais tout le monde n'a pas l'esprit de François Rabelais...

Des querelles byzantines

Quelle n'a pas été la réputation des Byzantins et de leur capitale, Byzance ? On connaît le succès du besant ; le caractère des habitants de Byzance n'en a pas moins. Selon le mot de Michelet en 1846, ils possèdent l'art de la « subtilité excessive ». De là est née l'expression de *querelles byzantines*, dont la teneur est faite de subtilité raffinée et sans fin...

Qui m'aime me suive !

Neveu de Philippe le Bel, Philippe naquit en 1293 ; à la mort du roi Charles IV, dernier représentant des Capétiens directs, se posa le problème de la succession au trône. En attendant que la reine Jeanne mette son enfant au monde, les barons confièrent la régence à Philippe, puis le désignèrent comme roi trois mois plus tard.

Il fut alors appelé au secours du comte de Flandre, en butte à la révolte de ses sujets et incapable de les maîtriser. Le 23 mai 1328, Philippe répondit avec son esprit chevaleresque et vint chevaucher en Flandre.

Les barons, quant à eux, furent beaucoup plus réservés, trouvant trop tardif le début de la campagne. Néanmoins, le connétable Gautier de Châtillon essaya de les enflammer en criant : « Qui a bon cœur trouve toujours bon temps pour la bataille. »

Enthousiasmé, Philippe VI de Valois l'embrassa vigoureusement puis s'écria : « Qui m'aime me suive ! » Ce 20 août, les rebelles étaient écrasés à la bataille de Cassel. L'expression est demeurée et appelle une preuve, par les actes, de fidélité et d'amitié.

En rang d'oignon

La ville de Blois a connu quelques événements historiques importants ; en 1588, le duc de Guise y fut assassiné et c'est dans la belle salle (datant du XIIIe siècle, que l'on peut encore admirer) dite des « états généraux », que se tinrent effectivement ces derniers, en 1576 et 1588.

Artus de La Fontaine-Solaro, baron d'Oignon, était le grand maître des cérémonies à ces états ; sa fonction lui faisait assigner les places et les rangs des seigneurs et des députés.

Il avait beaucoup d'expérience, « monsieur d'Oignon » ayant exercé sous quatre rois : Henri II et ses trois fils, François II, Charles IX et Henri III.

Sa renommée et sa science de placer ainsi les personnalités sur une même ligne et par rang de taille fit naître l'expression *se mettre en rang d'oignon.*

Reprendre ses esprits

Blaise Pascal a écrit : « À mesure que l'on a plus d'esprit, on trouve qu'il y a plus d'hommes originaux. » Mais s'il y a hommes et hommes, il y a esprit et esprit.

Aux XVe et XVIe siècles, on désignait sous le nom d'*esprits animaux* ou plus simplement d'*esprits*, les petits corps légers et impalpables qui, pensait-on, constituaient le principe de la vie et des sentiments.

Descartes donna le nom d'*esprits animaux* au fluide nerveux dû à des « impulsions venues du dehors, qui provoquent les pressions dans les nerfs » et donnent aux organes le mouvement de la vie.

Reprendre ses esprits (quand on les avait perdus, soit en s'évanouissant, soit en se troublant ou en perdant la tête) ou ses facultés mentales, signifie aujourd'hui revenir à soi, reprendre conscience, se remettre d'un trouble ou d'une émotion.

Riche comme Crésus

Le dernier roi de Lydie, Crésus, régna au VIe siècle avant J.-C. Il était célèbre dans toute l'Antiquité pour ses fabuleuses richesses. D'où provenaient ces dernières ? Du fleuve Pactole, qui traversait le pays et dont les eaux charriaient des paillettes d'or depuis que Midias s'y était baigné.

La fin de la vie de Crésus fut emplie de malheurs : il perdit son fils Atys, fut vaincu à Thymbrée (548 av. J.-C.) et assiégé par Syrus qui, cependant, l'épargna et en fit son conseiller.

La postérité a surtout retenu les immenses richesses de Crésus et l'expression a connu... une belle fortune.

La roche tarpéienne

Le Capitole désignait à Rome le temple érigé sur le mont Capitolin, l'une des sept collines de la ville. C'est là qu'au jour du triomphe, les généraux vainqueurs venaient offrir un sacrifice à Jupiter.

À l'extrémité se trouvait *la Roche Tarpéienne*, d'où l'on précipitait les criminels. Les deux lieux représentaient la gloire et la déchéance de l'homme.

Si rapprochés, ils finirent par donner naissance, dans l'esprit populaire, à l'expression qui illustre la chute rapide qui suit souvent un triomphe et caractérise les revirements brutaux de la fortune...

Ronger son frein

Antoinette Deshoullières composa beaucoup de madrigaux et de « bergeries » ; dans *L'Hiver*, elle écrivit :

> ... Pour être heureux, pour être sage,
> Il faut savoir donner un frein à ses désirs.

Freiner ses désirs ! On est parfois fort impatient !…

C'était le cas du cheval, véritable complice « utilitaire » de l'homme dans l'ancienne société et qui l'accompagnait dans beaucoup de circonstances, pour son plaisir (la chasse, notamment) ou son travail (le transport des denrées et les labours) ; lorsqu'il piaffait d'impatience, il rongeait son mors, le frein qu'il avait aux dents, en quelque sorte. L'expression était connue dès la fin du XIVe siècle.

Peu à peu, un mot a remplacé l'autre et *frein* a succédé à *mors*, comme entrave à l'animal. Celui qui s'impatiente *ronge son frein*, c'est-à-dire réprime le dépit ou la colère qu'on éprouve parfois face à une situation imposée par les circonstances.

Cela vaut mieux, sans doute, que de se ronger les sangs…

La roue de la fortune

Qui n'espère, un jour, rencontrer la fortune et « gagner le gros lot » ? Ce n'est certes pas, en France, le PMU ou la Française des jeux qui pensent le contraire.

Les Grecs avaient fait de la Fortune (fille de Zeus) une divinité qui dispensait bien et mal selon ses caprices. Les Romains l'adorèrent dans de nombreux temples sous le nom de *Fortuna*, puis l'on représenta la Fortune sous les traits agréables d'une jeune femme ailée, parfois nue, souvent les yeux bandés, le pied posé sur une roue, ayant à la main une corne d'abondance.

La route tourne : qui aspire à devenir riche doit prendre garde. La Fortune, aux yeux bandés, ne sait à qui elle distribue.

Le mouvement de la roue est continuel et toujours, les hommes seront sensibles aux charmes de la déesse Fortune : on est au plus haut ou au plus bas de la roue ; tel est le symbole de la vie humaine.

Au sens figuré, *la roue de la fortune* représente les révolutions, les hasards et les vicissitudes dans la vie des hommes : la roue tourne et ne s'arrête jamais.

Une ruse de Sioux

Parmi les Indiens d'Amérique du Nord, les Sioux étaient particulièrement réputés pour leurs qualités d'observation ; dans leur territoire (nord-ouest des États-Unis et ouest du Canada), ils savaient utiliser toutes les ressources de la nature pour se défendre comme pour se nourrir ou se déplacer.

Que ce soient les Assiboines, les Omahas, les Minnetares, les Crows ou les Sioux proprement dits, chaque tribu a su montrer, en maintes occasions où les combats opposaient l'homme blanc au « Peau Rouge », sa disposition d'esprit propre à tromper l'ennemi colonisateur.

Hélas, toutes les *ruses des Sioux* n'y suffirent pas, puisqu'ils s'éteignent aujourd'hui dans les territoires du Dakota ou de l'Iowa.

Sabler le champagne

Le bouchon a joyeusement sauté, le liquide a empli la flûte, les bulles pétillent et dans le palais picotent les papilles : instants délicieux…

Le champagne, tout le monde l'apprécie : c'est un vin mousseux dont la préparation fut le secret de Dom Pérignon, le cellérier de l'abbaye de Hautvillers en 1682. Mais il faut, pour le boire, qu'il ait été clarifié, débarrassé de son dépôt, sucré, mis en bouteille, ficelé et placé dans la cave.

Il faut savoir attendre avant que de sabler le champagne ! Plusieurs fois utilisée par Voltaire, l'expression signifiait qu'on avalait le contenu du verre d'un trait, à l'image du geste prompt avec lequel un fondeur opère lorsqu'il jette en sable l'objet qu'il façonne, ou par comparaison avec le métal en fusion coulant dans son moule de sable fin.

Aujourd'hui, *sabler le champagne* signifie plus volontiers « boire pour fêter un événement heureux ». Avec le champagne, tout paraît plus agréable.

Se bousculer au portillon

Combien de Parisiens ont utilisé le métro depuis sa création ? Des millions et des millions, sans doute, et les plus anciens se souviennent que dans les années vingt, le portillon donnant accès aux quais se fermait automatiquement à l'arrivée en station d'une nouvelle rame afin de réguler le flot des voyageurs. S'ensuivaient de nombreuses bousculades d'autant que chacun essayait de passer coûte que coûte !

Cela dura jusque dans les années soixante (il en subsiste encore quelques-uns), comme d'ailleurs les fameux « poinçonneurs » qui, des Lilas à la Porte d'Italie, validaient un à un les tickets.

L'expression exprime toujours l'idée de concurrence pour parvenir à un but donné ; ainsi, pour trouver aujourd'hui un emploi, la rivalité est farouche et pour une place, *on se bouscule au portillon.*

Se faire tirer l'oreille

Au temps des Romains, une coutume voulait que les témoins cités par le plaignant pouvaient être contraints par celui-ci, s'ils ne se présentaient pas au jugement, à y être traînés en leur tirant l'oreille. C'était souvent le cas des payeurs récalcitrants, par exemple.

L'expression est demeurée avec un sens affaibli, puisque *se faire tirer l'oreille* c'est se faire prier après avoir résisté à une invite.

Se mettre sur son trente et un

« On peut raisonner quand on a trente ans... Mais quand on se sent près du terme, on est tout petit devant l'infini. » Cette pensée est de Roger Martin du Gard, écrivain élégant s'il en fut et qui aimait, lui aussi, à se mettre sur son trente et un.

L'expression évoque ce que l'on met sur soi et se rattache au mot trentain qui, du XIIe au XVIe siècle, a désigné un drap de qualité supérieure dont la chaîne était composée de trente centaines de fil : un superbe tissu pour qui en faisait un vêtement !

Peut-être aussi, l'expression se rapporte-t-elle à un jeu de cartes du même nom, dans lequel le vainqueur était celui qui arrivait le premier au total de trente et un.

Les notions de qualité et de chance se sont certainement mêlées pour aboutir à un concept de belle mise et c'est la raison pour laquelle *se mettre sur son trente et un* signifie aujourd'hui : se parer de ses vêtements les plus élégants ou de ses habits de fête ou de cérémonie, voire simplement faire toilette.

À noter qu'il existe un jeu du trente-et-quarante qui pourra vous faire voir trente-six chandelles tous les trente ou trente-six du mois : de quoi tomber dans le trente-sixième dessous !

Se retirer sous sa tente

Dans l'*Iliade*, Homère rapporte qu'Achille était le plus vaillant des héros grecs. Élevé virilement par le centaure Chiron, il vécut ensuite déguisé parmi les filles de Lycomède. Mais le héros devait participer à la guerre de Troie et Ulysse, découvrant la supercherie, l'amena sur le terrain.

Achille y fut glorieux. Mais Agamemnon lui enleva sa captive Briséis et le héros, furieux de dépit, se retira sous sa tente, abandonnant la cause des Grecs.

Se retirer sous sa tente signifie abandonner un parti, un principe ou une cause, par dépit.

S'en moquer comme de l'an quarante

Le nombre quarante est lié à un certain nombre de symboles, d'institutions ou de pratiques : semaine des quarante heures, lesquelles sont également des prières que l'on fait avant l'ouverture du Carême, Tribunal des Quarante et bien sûr les célèbres quarante fauteuils de l'Académie française.

On dit des chevaliers chrétiens du Moyen Âge qu'ils se moquaient de quelque chose comme de l'*alcoran* (déformation du mot *Coran*, livre sacré des Musulmans) qui peu à peu, se transforma en quarante.

Pendant la Révolution française, les royalistes, ironisant sur le nouveau calendrier révolutionnaire instauré en l'An II se plaisaient à dire qu'ils s'en moquaient comme de l'an quarante (sous-entendu de la République).

S'en moquer comme de l'an quarante veut dire se moquer éperdument d'une chose sans intérêt et que l'on ne craint pas, n'en faire aucun cas, s'en désintéresser absolument.

Sentir le fagot

« Il y a fagot et fagot », disait Molière, par la bouche de Sganarelle. L'Histoire lui donne raison.

Le fagot est un faisceau de menu bois, de branchages, de sarments, qui brûle aisément et dont on se servait pour allumer un feu.

Or, il fut un temps où le feu était un élément fort utilisé par la justice ! Le supplice ou la peine du feu équivalaient tout simplement (si l'on peut dire) à brûler vif un condamné…

Lors des combats entre croyants et hérétiques, entre catholiques et protestants, on se fit rôtir à qui mieux-mieux. Comme d'ailleurs dans les siècles précédents, que l'on se soit affronté sur des questions de religion ou de métaphysique, de culte ou de dogme. Celui qui avait tort méritait bien le bûcher !

Dès lors, *sentait le fagot* celui qui était hérétique ou proche de l'hérésie et *un écrit qui sentait le fagot* qualifiait un texte audacieux, bravant les bonnes mœurs et propre à attirer des ennuis à son auteur.

Aujourd'hui l'expression signifie donner une impression de danger, inspirer de la méfiance et, plus largement, risquer de s'attirer les foudres de la justice ou de l'opinion.

Sésame, ouvre-toi !

Qui n'a lu, dans son enfance, les célèbres *Contes des Mille et une Nuits*, dont le français Galland fit une si belle traduction ?

L'un de ces contes s'intitule *Ali Baba et les quarante voleurs* ; le héros finit par découvrir la formule cabalistique et magique avec laquelle il est possible d'ouvrir les parois de la caverne où les quarante voleurs amassent leur butin.

Ali Baba et son frère Cassim parviennent à leurs fins en prononçant la célèbre formule : « Sésame, ouvre-toi » et découvrent les immenses richesses entassées dans la caverne aux trésors fermée par une porte mystérieuse.

Outre la formule *Sésame, ouvre-toi* que l'on emploie parfois pour elle-même, le mot *sésame* est resté dans la langue et s'emploie en parlant d'un moyen ou d'une recommandation permettant d'atteindre un but, comme par enchantement.

Solide comme le Pont-Neuf

Le Pont-Neuf fut construit entre 1578 – c'était sous Henri III – et 1605 (du temps du bon roi Henri IV), à l'ouest de l'île de la Cité qu'il traverse à sa pointe. C'était le seul pont, à l'époque, qui permettait de franchir à la fois les deux bras de la Seine.

On a longtemps cru que Germain Pilon était l'auteur des mascarons qui en constituent l'ornement. Comme il ne portait pas de maisons, il se distinguait des cinq autres ponts déjà construits : Saint-Michel, Petit-Pont, Notre-Dame, Pont-au-Change, Pont-aux-Meuniers. Il reçut en revanche de nombreuses baraques de bateliers et devint l'un des centres d'amusement populaires du vieux Paris.

C'est seulement en 1818 que le terre-plein du Pont-Neuf reçut la statue d'Henri IV. Depuis deux siècles, il avait sa réputation : les Parisiens qui avaient suivi l'édification du Pont-Neuf et constaté la qualité des matériaux, commencèrent à dire et à répéter : « Ce pont sera solide ».

Peu à peu, on prit l'habitude de qualifier les hommes et les choses d'après la réputation du célèbre pont. Aujourd'hui *être solide comme le Pont-Neuf* signifie simplement être en bonne santé, très vigoureux.

Sortir de la cuisse de Jupiter

Dionysos (Bacchus en latin) était né des amours de Jupiter avec une simple mortelle. Cette dernière voulut contempler le père au grand jour, mais ne put résister à la vue des éclairs qui l'entouraient : elle fut foudroyée.

Jupiter, pour sauver son fils, lui fit passer à l'intérieur de sa cuisse les mois qui manquaient à l'enfant pour naître à terme. Enfin Dionysos naquit…

On peut certes affirmer que ce n'était pas n'importe qui, celui qui sortait de *la cuisse de Jupiter* !

Sous l'égide

Zeus arborait un bouclier, appelé égide par les Anciens, qui était recouvert de la peau de la chèvre Amalthée et orné de la tête de Méduse.

Amalthée joua un grand rôle dans l'existence de Zeus : elle le dissimula, alors qu'il était encore enfant, pour l'arracher aux recherches de Kronos, fils du Ciel et de la Terre, identifié à Saturne.

La peau d'Amalthée joua donc un rôle protecteur, comme d'ailleurs la tête pétrifiante de Méduse, qui recouvrait également le bouclier de Zeus, ce fameux égide.

Ce bouclier, sorte de talisman, fut représenté sur les genoux, plus souvent sur les épaules, des héros et des empereurs romains. Ils avaient des vertus protectrices.

L'expression est restée, signifiant : sous la protection de.

Le supplice de Tantale

Le roi de Lydie, Tantale, était fils de Zeus et de la nymphe Plota et devait devenir le père de Pélops et de Niobé.

Il fut condamné à subir dans les enfers une faim et une soif perpétuelles, pour avoir voulu éprouver les limites de la divination.

D'autres rapportent que les véritables motifs étaient ailleurs. Tantale aurait dérobé le nectar et l'ambroisie et les aurait fait goûter aux mortels. On aurait tué son fils Pélops et il aurait servi aux dieux lors d'un festin.

Quoi qu'il en soit, le motif de la punition ressortait bien de la même raison : avoir voulu éprouver les qualités divines de connaissance.

Au milieu de la faim et de la soif éternelles, Tantale voyait les eaux se dérober à ses lèvres et les fruits se dérober à ses mains.

Mirabeau est cité au XVIIIe siècle pour avoir donné sa tournure commune à ce mot qui prit un autre sens en 1802 : il fut attribué à un métal, corps simple de numéro atomique 73, « en partie par allusion à son incapacité à être saturé par l'acide, lorsqu'il y est immergé ».

Belle image.

Taillable et corvéable à merci

La taille était une imposition, datant au moins de la première moitié du XIe siècle. Elle paraît avoir été établie comme taxe temporaire et pour tenir lieu de service militaire. En 1445, elle devenait perpétuelle. On connaissait la taille royale et la taille seigneuriale (ou féodale), impôt perçu sur chaque paysan.

La corvée existait à la période franque. Plus tard, dans la société féodale, elle correspondit à des journées de travail dues au seigneur par les paysans de son domaine ; elle dépendait parfois de son seul bon vouloir ou de son bon plaisir. Certes, on pouvait racheter ces corvées par le paiement d'une redevance en argent.

Les serfs étaient donc *taillables et corvéables à merci.*

Aujourd'hui, l'expression signifie être bon pour toutes les corvées, sans reconnaissance véritable pour la condition de la personne à qui l'on donne un ordre. À *merci* précise le caractère parfois arbitraire de cet ordre.

Tailler des croupières

Les combats d'antan s'effectuaient autant à pied qu'à cheval. Les affrontements n'en étaient pas moins rudes. Il arrivait aux cavaliers de mettre leur adversaire en fuite d'une manière tout à fait particulière : la troupe poursuivie galopait et ses poursuivants prenaient leur lance ou leur épée et frappaient la croupe du cheval de l'adversaire en essayant de tailler les croupières, ce morceau de cuir rembourré passant sous la queue du cheval et empêchant la selle de glisser sur le garrot.

Aujourd'hui, *tailler des croupières à quelqu'un*, c'est lui occasionner des difficultés, des embarras, faire obstacle à ses projets, généralement d'une façon tout de même un peu moins cavalière !

Le talon d'Achille

Fils du roi des Myrmidons et de la nymphe Thétis, Achille fut plongé par sa mère dans le fleuve Styx, afin de le rendre invulnérable. Pour ce faire, elle le tint par le talon.

Élevé par le centaure Chiron, qui le nourrissait de mœlle de lion, Achille vécut déguisé en femme à Scyros. Mais un devin avait prédit que l'expédition de Troie ne pourrait réussir sans sa participation.

Il fallut donc le rechercher. C'est Ulysse qui se mit en piste et parvint à le retrouver parmi les filles de Lycomède, avec lesquelles il vivait.

Achille, amené par Ulysse au siège de Troie, s'y couvrit de gloire. Retiré sous sa tente à la suite d'un chagrin, il se décida à retourner au combat le jour de la mort de son ami Patrocle.

Au combat, il tua Hector, mais blessé au talon par Pâris, il succomba ; c'était en effet le seul point de son corps qui n'avait pas été trempé dans le Styx et n'était de ce fait pas invulnérable.

C'est à partir du XVIIIe siècle, qui fut si souvent tenté de remettre la mythologie en usage, que *talon d'Achille* qualifia le point faible d'un individu.

Tirer à boulets rouges

Le Brandebourg est une région sablonneuse du nord de l'Allemagne, arrosée par la Sprée et la Havel, riche en pommes de terre et céréales. D'abord Margraviat en 1203, puis Electorat en 1324, la région, véritable carrefour, devint la propriété des Hohenzollern en 1415 et le noyau de la monarchie prussienne au XVIIIe siècle.

L'Électeur de Brandebourg – particulièrement Frédéric-Guillaume – eut, dit-on, le mérite d'inventer le « boulet rouge », un boulet rougi au feu dans une forge et qu'on chargeait dans le canon afin qu'il mette le feu sur les lieux où il tombait. On mène la guerre comme on peut…

Tirer à boulets rouges, c'est aujourd'hui attaquer violemment en paroles, avec le but d'offenser, de terrasser son adversaire.

Tirer à pile ou face

Du temps des Romains, les pièces portaient d'un côté une croix et de l'autre la représentation de la tête de Janus. Déjà, à l'époque, on jouait à *croix ou face*, les deux côtés d'une pièce de monnaie permettant de trancher en cas de litige, ou de faire confiance au sort.

Puis, de Louis le Débonnaire (814) à Henri II (1548), on *tira à pile ou croix*, car les motifs avaient changé : la pile était une sorte de colonne et la croix représentait l'Église.

À partir d'Henri II – c'est une ordonnance du 8 août 1548 qui le permit – la pièce présenta une pile et une face, laquelle représentait l'effigie du souverain, que ce soit Carolus, Henricus, Louis et, plus près de nous, Napoléon.

On n'en continua pas moins à lancer la pièce pour connaître le sort : on tira donc à *pile ou face*. Autrement dit, on s'en remit au hasard… qui fait parfois les grandes fortunes.

Tirer les vers du nez

Voici une expression difficile à expliquer ; certains font remonter son origine au mot *vrai* qui rappelle une ancienne coutume de Normandie selon laquelle une personne disant qu'elle avait menti se prenait par le bout du nez. Cela semble peu convaincant.

D'autres donnent une interprétation plus simple : l'expression évoquerait les pratiques des anciens charlatans ou diseurs de bonne aventure – il n'en manquait pas – qui, si l'on peut dire au sens propre, *tiraient les vers du nez* de leurs clients, les guérissant par là même de leurs maux de tête, tout en les faisant parler par d'habiles questions sur leur passé et leur avenir.

Tirer les vers du nez est, aujourd'hui, arracher adroitement une confession à quelqu'un, le faire parler, l'amener par des détours adroits à révéler ce qu'il voulait garder secret.

Tomber dans le troisième dessous

L e monde du théâtre a son langage propre. Ainsi, depuis toujours appelait-on *dessous* les différents étages du sous-sol de la scène destinés à recevoir les machinistes et les accessoires.

À l'Opéra, il y avait trois étages de sous-sol, respectivement appelés premier, deuxième et troisième dessous. Au XIXe siècle, l'habitude s'est prise de dire d'une pièce sifflée qu'elle était *tombée dans le troisième dessous*. L'expression a fait son chemin et s'est appliquée à toutes sortes d'échecs.

Aujourd'hui *tomber dans le troisième dessous* signifie tomber aussi bas que possible, être dans une situation lamentable, dans la misère, se trouver dans le plus grand discrédit !

On parle aussi du trente-sixième dessous. Tout est relatif !

Tomber de Charybde en Scylla

Dans l'Antiquité, Charybde était un gouffre et Scylla un écueil, tous deux situés dans le détroit de Messine.

Toute l'attention des marins consistait à essayer d'éviter l'un pour ne pas tomber dans l'autre. Mais c'est précisément ce qui arrivait.

L'expression signifie donc : échapper à un danger pour tomber dans un autre, plus grave encore.

Tomber en quenouille

La condition de la femme a longtemps été difficile et il y a peu de temps que, grâce au droit de vote qui lui a été accordé, elle peut se sentir citoyenne à part entière.

Dès le XVIe siècle, la quenouille, sorte de petite canne servant à filer la laine, le chanvre ou le lin, était une occupation exclusive des femmes : *Allez filer votre quenouille !* commença-t-on de dire alors avec un certain mépris.

Si le patrimoine restait aux mains des hommes, celui de la femme ne pouvait être que mal géré ! Le plus souvent, elle se contentait de transmettre son héritage sans avoir pu le valoriser ; *tomber en que-nouille* commença donc de signifier passer, par succession, entre les mains d'une femme.

Aujourd'hui, l'expression veut dire être abandonné, laissé à l'abandon (en parlant d'un droit, d'un privilège ou d'un pouvoir).

La tournée des grands ducs

À l'époque des tsars, le titre de grand-duc était conféré aux membres de la proche famille de l'empereur.

Ces grands-ducs, le plus souvent désœuvrés, voyageaient à travers l'Europe ; Paris était leur séjour préféré, ils y faisaient la tournée des cabarets à la mode, des théâtres, de tous les lieux de plaisir, d'où l'expression faire *la tournée des grands ducs*.

Tourner casaque

Gendre de Philippe II d'Espagne, Charles-Emmanuel de Savoie eut la réputation d'être un ambitieux, ce qui lui ôtait tout scrupule. Désirant devenir roi, il conclut des alliances paradoxales afin de se trouver toujours dans le sens du vent... de l'Histoire.

Sa casaque – ou justaucorps à larges manches – qui ne le quittait jamais avait la particularité d'être blanche d'un côté et rouge de l'autre. Ainsi arborait-il le côté blanc quand il s'alliait à la

France, le côté rouge quand il se rangeait du côté de l'Espagne. Il lui suffisait alors de *tourner sa casaque*.

L'expression connut un joli succès puisqu'elle est toujours très utilisée aujourd'hui. Elle signifie : changer d'opinion, de camp, avec une facilité déroutante (on dit aussi : « retourner sa veste »), ou bien prendre la fuite en tournant le dos. Attitude peu loyale et bien malhonnête qui ne réussit pas toujours à ceux qui l'adoptent. Ainsi de Charles-Emmanuel qui ne fut jamais roi et mourut duc de Savoie.

Tous les chemins mènent à Rome

C'est que Rome est la ville sainte du monde catholique, centre de cet immense empire romain, également résidence de la papauté. Autant dire que les chemins de pèlerinage, particulièrement nombreux, convergeaient vers la ville éternelle, pour amener le maximum de pèlerins à se recueillir et le plus grand nombre de visiteurs à venir l'admirer.

Fondée par Rémus et Romulus, Rome s'est développée sur les sept collines bordant les rives du Tibre et le roi Servius Tullius construisit une enceinte fortifiée comportant vingt-trois portes. Sous l'influence des conquêtes, Rome commença d'être « envahie » par les peuples soumis et vit se développer sa riche civilisation artistique et culturelle dans toute l'Europe.

Les trésors de cette capitale sont innombrables : Forum, Colisée, Panthéon, arcs de Titus, de

Septime-Sévère, colonne Trajane, palais, ruines de multiples monuments, basilique Saint-Pierre. Sans oublier le Vatican. Tout l'art des hommes, toute leur histoire et tous les peuples de la terre semblaient converges vers ce musée à ciel ouvert.

L'expression signifie aujourd'hui arriver au même résultat de plusieurs manières différentes.

Un travail de Romain

Les Romains, après avoir conquis un immense territoire, furent de grands et véritables bâtisseurs ; la liste est impressionnante de leurs énormes réalisations, particulièrement en architecture.

L'expression représente une tâche immense pour mener à bien un grand ouvrage, à l'instar de ce que firent les Romains.

Travailler pour le roi de Prusse

Le royaume de Prusse a disparu en novembre 1918 ; terre des chevaliers Teutoniques, duché héréditaire en 1525, son histoire est celle des Hohenzollern-Brandebourg, dont les souverains furent rois de Prusse en 1701 et imposèrent l'unité allemande.

Ces rois n'étaient guère généreux ; Frédéric II, par exemple, ne payait la solde de ses troupes que de manière particulière : il réglait trente jours par mois, tous les mois de l'année, gagnant ainsi un jour chaque mois de trente et un jours. Il n'y a pas de petites bénéfices !

C'était d'abord cela, *travailler pour le roi de Prusse*…

Trouver son chemin de Damas

Paul était hostile aux disciples de Jésus et participa à la lapidation de saint Étienne. Un jour, alors qu'il allait à Damas remplir une mission contre les chrétiens, il eut une vision : sa conversion en découla et il devint ensuite saint Paul, l'Apôtre des Gentils.

L'expression signifie se convertir à une doctrine après l'avoir combattue et, par extension, trouver sa voie.

Tuer le ver

On lit dans *Ruy Blas* ce texte lu par la reine :
Madame, sous vos pieds, dans l'ombre, un homme est là
Qui vous aime, perdu dans la nuit qui le voile,
Qui souffre, ver de terre amoureux d'une étoile.

Le ver de terre, cependant, n'est pas toujours autant apprécié. Il n'est pas rare, en Normandie, de trouver à la campagne, une famille qui, le matin, donne un « p'tit coup de calva » au jeune qui s'en va à l'école ; pour quelle raison ? Pour *tuer le ver*…

En 1519, le *Journal d'un Bourgeois de Paris* relate qu'une jeune femme étant morte subitement, on découvrit à l'autopsie « un ver en vie sur le cœur », qui résista au mithridate mais point à la mie de pain trempée de vin. Le *Bourgeois de Paris* en conclut qu'il fallait « prendre du pain et du vin au matin... de peur de prendre le ver ». On n'est jamais trop prudent !

Tuer le ver, c'est prendre le matin, à jeun, un verre d'alcool ou de vin blanc.

Valoir son pesant d'or

C'est à Byzance qu'est né le besant, dont le cours était fort apprécié des rois capétiens. Il y avait des besants d'argent et des besants d'or. Valoir un besant d'or signifiait avoir une grande importance. Par analogie avec l'action de peser, le *b* de *besant* s'est assourdi en *p*, donnant *pesant*.

L'expression est toujours vivante et se rapporte à un homme d'une grande utilité, aux choses que l'on regarde comme excellentes.

Vendre la peau de l'ours

Tout le monde connaît cette célèbre fable de Jean de La Fontaine, *L'Ours et les deux compagnons*, dans laquelle il écrit : « Il m'a dit qu'il ne faut jamais vendre la peau de l'ours qu'on ne l'ait mis par terre. »

On sait pourtant que l'expression proverbiale *vendre la peau de l'ours* était connue depuis long-temps ; Commynes, dans ses *Mémoires*, l'utilise à propos d'une rencontre entre un ambassadeur de Louis XI et Frédéric III d'Allemagne ; et si La Fontaine a repris ce thème de deux chasseurs vendant d'avance la peau d'un ours qu'ils espéraient tuer... et qu'ils ne tueront pas, Ésope et Abstémius l'utilisèrent bien avant lui.

Vendre la peau de l'ours signifie disposer d'une chose avant d'être assuré de sa possession, se flatter trop tôt d'un succès aléatoire. Et, par extension, vivre en fonction d'un avenir acquis d'avance.

Vendre son âme au diable

L'auteur italien Giovanni Papini a écrit : « Dieu ne s'est incarné qu'une seule fois, dans le Christ, pour s'offrir en victime aux hommes. Le diable s'est incarné d'innombrables fois, en une quantité de personnes et de formes, et toujours aux dépens et à la honte des hommes. »

C'est dire combien est grande la malédiction de vendre son âme au diable, ce démon, ce mauvais ange. Les expressions le mettant en scène sont d'ailleurs nombreuses : *ne craindre ni Dieu ni diable* (n'avoir peur de rien), *le diable bat sa femme et marie sa fille* (il fait soleil en même temps qu'il pleut), *tirer le diable par la queue* (avoir de la peine à trouver de quoi vivre), *se démener comme un beau diable* (se débattre farouchement et énergiquement)...

Dans les croyances populaires du Moyen Âge, certains faisaient un pacte avec le diable, abandonnant leur âme pour des avantages matériels : ne disait-on pas que les sorciers donnaient leur âme à Satan et en recevaient en échange un pouvoir surnaturel ?

De cette situation est née l'expression *vendre son âme au diable*, qui signifie aujourd'hui compromettre son salut par une action impardonnable et être prêt à se renier pour obtenir satisfaction.

Ventre Saint-Gris

Nous devons quelques bons mots à Henri IV ! C'est peut-être ce qui explique qu'il soit, aujourd'hui encore, si populaire.

Dieu sait s'il jurait, Henri IV ! Avec son accent chantant, il continuait volontiers son enfance paloise en utilisant des jurons fleuris, même après avoir conquis Paris et s'être converti.

Ainsi avait-il l'habitude de jurer « par le ventre et le sang du Christ » (« ventre sangue christi »), qui devint, dans l'oreille des Parisiens, le fameux *Ventre Saint-Gris*, qui n'est ni saint ni gris !

Une vérité de La Palice

En a-t-il fait couler de l'encre, ce brave seigneur de La Palice !

Jacques de Chabannes naquit en 1470 et se fit remarquer comme un fameux capitaine lors des guerres d'Italie ; il devint en 1515 maréchal de France, se distingua dans toutes les grandes batailles, Fornoue, Ravenne, Marignan et Pavie, où il trouva la mort, d'un coup d'arquebusade tiré à bout portant.

Ses soldats, pour lui rendre hommage, chantèrent aussitôt sa bravoure : « Un quart d'heure avant sa mort, il faisait encore envie. »

Ce vers fut mal compris puis déformé en : « Un quart d'heure avant sa mort, il était encore en vie », surtout après que La Monnoye eut composé en 51 couplets *La Chanson de M. de La Palice*, dans laquelle on jouait avec ce fameux vers :

> Il mourut le vendredi,
> le dernier jour de son âge ;
> S'il fût mort le samedi,
> Il eût vécu davantage.

Dès lors, une *vérité de La Palice* fut une vérité d'une niaise évidence, un truisme prêtant à rire.

Une victoire à la Pyrrhus

Roi d'Épire entre 318 et 272 av. J.-C., Pyrrhus secourut Tarente contre les Romains. Il utilisa une arme effrayante pour l'ennemi : des éléphants, et profita de l'effet de surprise pour vaincre d'abord à Héraclée (280 av. J.-C.) puis à Asculum, l'année suivante.

Mais cette victoire fut si cher payée, en raison des énormes pertes en vies humaines, que Pyrrhus s'écria : « Encore une victoire comme celle-là et je suis perdu. »

Pyrrus fut vaincu à Bénévent, regagna l'Épire, conquit la Macédoine et fut tué en attaquant Argos. La postérité a retenu sa phrase (plus que ses exploits guerriers) qui s'applique au succès chèrement acquis, à une victoire sans lendemain.

Une vie de patachon

Une patache était un petit bateau qui transportait passagers et messagerie sur les rivières de l'ancienne France. C'était aussi une petite embarcation armée affectée aux militaires comme aux douaniers.

Bientôt le terme de patache désigna toute voiture un peu bringuebalante dont le confort tout relatif n'était pas sans évoquer celui que peut offrir une barque durant une tempête. Et tout naturellement le conducteur de ces voitures prit le nom de *patachon*. Sa vie était celle d'un nomade et les relais de poste lui procuraient ses seuls vrais plaisirs. Voyage, plaisirs faciles des auberges. Cette *vie de patachon* n'était pas un exemple à suivre.

Une vieille baderne

Le terme baderne est bien connu dans le monde de la marine. C'est une tresse épaisse à trois, quatre, voire cinq torons, que l'on constitue avec des fils provenant de vieux cordages ou câbles qu'on ne peut guère utiliser autrement et destinés au rebut.

Une fois tressée, la baderne est utilisée pour recouvrir les mâts, les vergues, le cabestan, afin de les garantir des frottements avec toute sorte d'objets, occasionnés par le roulis et le tangage.

On cloue également la baderne, comme un vulgaire paillasson, sur le pont des navires transportant des ballots, des chevaux et des bestiaux, pour éviter à ces derniers de glisser et également les protéger des bastingages.

D'une manière péjorative, le mot baderne est venu s'appliquer à toute chose hors d'état de servir et *une vieille baderne* qualifie aujourd'hui quelqu'un qui n'est plus bon à rien. L'expression est peu élégante et fort méchante !

Vieux comme Hérode

Le premier dit : « Le monde est vieux, mais ce vieux monde attend sa rénovation » (Browning) ; le second surenchérit : « Hélas, le monde est vieux et le soir est venu pour les choses humaines » (Léopardi). Et le dernier l'emporte, avec son *Vieux comme Hérode*. Mais qui était Hérode ?

En réalité, il s'agit d'une dynastie de rois de Judée, qui régna du I^e siècle avant au Ier siècle après J.-C. Hérode le Grand, son fils Hérode Antipas (il bâtit Tibériade en l'honneur de Tibère), Hérode

Agrippa Ier, le petit-fils (qui fit mettre à mort saint Jacques le Majeur) et Hérode Agrippa II.

Sans doute la vie de cette dynastie marqua-t-elle les esprits du temps, sans doute l'un d'entre eux (le premier naquit en 73 et mourut en 4 av. J.-C.) vécut-il plus longtemps que la moyenne des hommes. Quoi qu'il en soit, se forgea l'expression *vieux comme Hérode*, en parlant de quelque chose qui est très ancien.

Avec l'allongement de la durée moyenne de la vie, nombreux seront ceux qui, un jour prochain, seront aussi vieux qu'Hérode. Ce dernier va sûrement se retourner dans sa tombe…

Un vieux de la vieille

Dans l'histoire militaire de la France, il y a eu beaucoup de « gardes », tantôt corps de troupes, tantôt simples individus investis de fonctions particulières. On connut successivement les gardes du corps, les gardes suisses, les gardes françaises datant de 1563, la garde nationale appelée « milice bourgeoise » avant la Révolution, la garde constitutionnelle de 1791, la garde consulaire formée par Bonaparte et la garde impériale créée par Napoléon Ier en 1804.

La garde impériale était une troupe d'élite d'environ 100 000 hommes, qui comportait alors la *Vieille Garde* et la *Jeune Garde*. Elle participa à toutes les batailles de l'Empereur, se couvrant d'honneurs et de blessures sur les terrains de l'Europe, y compris à

Waterloo, lorsque fut lancée la fameuse phrase : « La garde meurt, mais ne se rend pas. »

Pour beaucoup, la garde était *espoir suprême et suprême pensée* et, après la chute de l'Empereur, les « anciens » se mirent à raconter leurs exploits aux plus jeunes. Ceux-ci parlaient alors des *vieux de la vieille* (garde), expression qui qualifie aujourd'hui un vétéran, une personne d'expérience dans une profession ou un domaine particulier.

Un vieux routier

Dans *Vie et opinion de Tristam Shandy*, Laurence Sterne (1713-1768) écrit : « C'est un grand inconvénient pour un homme pressé qu'il y ait trois routes distinctes de Calais à Paris… » Il est vrai que l'on perdait parfois une journée au début du XVIIIe siècle à décider du chemin à prendre, tellement les routes étaient mauvaises. Dans des temps plus anciens, on ne faisait guère la fine bouche : on avançait, à pied, à cheval, en voiture, quel qu'ait été l'état du chemin.

C'était en particulier le cas des vieux soldats, des pillards, qui connaissaient bien ces routes et qu'on nommait de ce fait des routiers. Leur expérience en faisait des vieux routiers.

Aujourd'hui, un *vieux routier*, c'est celui qui possède l'expérience que seules les années peuvent apporter dans une activité donnée. C'est un homme « blanchi sous le harnais », souvent fin et retors et qui ne s'en laisse pas compter.

Vivre comme un pacha

Le mot pacha, d'origine turque, a été utilisé par François Rabelais et plus tard par Jean de La Fontaine : il s'agit d'un titre que les Turcs donnaient aux gouverneurs de provinces et qui a été en vigueur jusqu'en 1923 en Turquie, jusqu'en 1952 en Égypte et en Jordanie.

L'insigne caractéristique du pacha était une queue de cheval flottant au bout d'une lance et surmontée d'une boule dorée ; suivant l'importance du pacha, il y avait une, deux ou trois queues.

Bien entendu, un pacha était un personnage important et considéré comme tel ; on comprend comment « faire le pacha » signifie se donner de grands airs ou prendre des attitudes nonchalantes et *vivre comme un pacha*, vivre en grand seigneur.

Vouer aux gémonies

On redoutait, dans l'ancienne Rome, « l'escalier aux gémissements » (en latin *gemoniae scalae*). On appelait ainsi un escalier, à double rampe, situé sur la façade de la prison publique, encadrant la porte d'entrée et que l'on voyait parfaitement de tout le Forum. On exposait sur les marches de cet escalier les cadavres des citoyens et prisonniers condamnés et mis à mort par strangulation dans leur cellule.

On les y laissait ainsi, exposés aux insultes du peuple, jusqu'à ce que le magistrat trouve bon de les faire jeter dans le Tibre. Charmante coutume remontant au dictateur Camille, en 385 av. J.-C.

Vouer quelqu'un aux gémonies, c'est lui promettre la mort et tous les affronts de la multitude, l'accabler publiquement d'outrages.

Vox populi, vox dei

Alcuin (735-804) naquit à York, en Angleterre et ne tarda pas à devenir un savant théologien qui joua un rôle primordial dans la renaissance intellectuelle menée à l'instigation de l'empereur Charlemagne. Il dirigea lui-même l'École palatine et fut l'auteur de nombreux ouvrages. Il termina sa vie comme abbé de Saint-Martin, une grosse abbaye de France.

À l'apogée de l'« empereur à la barbe fleurie », l'expression individuelle en matière de nomination de fonctionnaires urbains, voire d'évêques, était enregistrée, certes d'une manière moins démocratique qu'aujourd'hui ; il n'empêche : Alcuin, à propos d'une consultation, écrivit à Charlemagne, dans une épître : « La voix du peuple est la voix de Dieu » ; *Vox populi, vox Dei*. Il semble que Charlemagne ait fait bon usage de la formule qui signifie que l'opinion la plus partagée est celle à écouter et forcément la meilleure. Voire…

Index

Les expressions recueillies dans ce dictionnaire sont ici classées dans l'ordre alphabétique, non compris les articles, prépositions, etc. (on cherchera, par exemple, la *Boîte de Pandore* à la lettre B, une *Vieille baderne* à la lettre V), sauf dans certains cas très précis où ils font sens. Le ou les mots-clefs, les termes auxquels se raccrochent l'histoire et l'évolution de l'expression figurent en **caractères gras**. Enfin, le chiffre renvoie à la page concernée.

DU MÊME AUTEUR

Monte-Cristo
ou l'extraordinaire aventure des ancêtres de Dumas
Perrin, 1976

Commissaire Maigret, qui êtes-vous ?
Plon, 1977

Promenades en Basse-Normandie
avec un guide nommé Flaubert
Corlet, 1979

L'Histoire du monde, c'est une farce
ou la vie de Gustave Flaubert
Corlet, 1980

Caen au fil des ans
Corlet, 1980 et 1992

Promenade dans la ville de Caen
Corlet, 1981

Recherchez vos ancêtres !
Corlet, 1982

Le Secret de Monte-Cristo
Corlet, 1982

Cartouche
Tallandier, 1984 et 2001

Le Mont Saint-Michel et sa baie
Solar-Minerva, 1984

Malherbe, gentilhomme et poète, 1555-1628
DNL, 1984
Cheminements, 2005

Guillaume le Conquérant
Corlet, 1986
France-Empire, 1996, 2001

Rabelais
Perrin, 1988, 1994, 2000

Promenez-vous à Caen
Corlet, 1988

Dictionnaire des mots qui ont une histoire
Tallandier, 1989, 2003

Mirabeau, père
Tallandier, 1989

La Véritable Histoire du Commissaire Maigret
Corlet, 1989

Guide de la généalogie
M.A. éditions, 1990

Dictionnaire des phrases qui ont fait l'histoire
Tallandier, 1991, 2003

Détective de l'histoire
In fine, 1992

Alexandre Dumas en Normandie
Corlet, 1994

Promenades littéraires en Normandie
Corlet, 1996

Les Mousses
Glénat, 1996

Ces mots d'amour qui ont fait l'histoire
Tallandier, 1996
Bertout, 2002

Retrouver ses ancêtres, c'est facile
Albin Michel, 1997

Contes et légendes de Normandie
France-Empire, 1997

Dictionnaire insolite des noms propres si communs
Corlet, 1997

Louis XIII le juste
France-Empire, 1998

Guide de généalogie
Solar, 1998, 2004

Les Dumas. Le secret de Monte-Cristo
France-Empire, 1999

La Cuisine de Rabelais
Corlet, 2000

Bretagne et Bretons
France-Empire, 2000

Les Célèbres de Caen
Maître Jacques, 2000

Le Mont Saint-Michel,
histoire de la merveille de l'Occident
France-Empire, 2001

Les Belles Dates de Caen jadis
Corlet, 2001

Chroniques de cheminots,
une famille militante dans l'ouest de la France
Alan Sutton, 2002

L'Homme surprise de la Présidentielle
Bertout, 2002

Le Charpentier et la modiste
Alan Sutton, 2002

Petit Dictionnaire des lieux qui racontent l'histoire
Tallandier, 2003

L'Esprit des dates
Cheminements, 2004

Histoire d'un rapt
Cheminements, 2006

Motamorphoses
À chaque mot son histoire
Daniel Brandy

Dans une langue élégante et drôle, Daniel Brandy relève ici un véritable défi : rendre à la fois savoureuses et accessibles l'histoire des mots tout en gardant la plus extrême rigueur. De courts chapitres pour comprendre les origines, l'évolution et les avatars des mots de tous les jours.

Points n°P1544

Que faire des crétins ?
Les Perles du grand Larousse
Pierre Larousse
Présentation de Pierre Enckell

Commentaires absurdes, prises de position totalement subjectives, préjugés sexistes ou racistes, aberrations « scientifiques »... Pierre Enckell, lexicographe obsédé, traque les fautes commises ou admises par Pierre Larousse lui-même et donne à lire ces définitions, dont la lecture aujourd'hui est consternante... ou hilarante. Pierre Desproges n'aurait pas fait mieux.

Points n°P1543

Petit fictionnaire illustré
Les mots qui manquent au dico
Alain Finkielkraut

Pourquoi ne pas renouveler la langue française ? Sous la forme d'un petit recueil de néologismes et de mots-valises, voici un dictionnaire d'un nouveau genre. Autour de définitions hilarantes, farfelues et pourtant d'une logique sans faille, Alain Finkielkraut joue avec les mots et nous fait partager son goût pour la poésie, l'humour et la philosophie.

Points n°P1546

Le Pluriel de bric-à-brac
et autres difficultés de la langue française
Irène Nouailhac

Voici recensés en un seul volume les principales embûches et chausse-trappes de la langue française dans lesquelles tombent les plus habiles d'entre nous. Orthographe trompeuse, syntaxe chahutée, prononciation difficile, pluriels irréguliers, pléonasmes à éviter, etc. Toutes les réponses aux questions que l'on se pose dans l'usage courant de la langue.

Inédit, Points n°P1547

Un bouquin n'est pas un livre
Les nuances des synonymes
Rémi Bertrand

Timide ou réservé, vélo ou bicyclette ? Quelle est la
nuance ? Un dictionnaire des synonymes se contenterait
de juxtaposer ces mots en proposant de remplacer l'un
par l'autre. Mais l'art de la nuance, c'est faire jouer
la langue dans ses plus fins rouages, lui permettre
d'exprimer toute sa richesse et sa subtilité. Au travers
de textes courts et de mots choisis, Rémi Bertrand invite
à rendre leurs différences aux synonymes.

Inédit, Points n°P1548

RÉALISATION : NORD-COMPO À VILLENEUNE-D'ASCQ
IMPRESSION : BRODARD ET TAUPIN À LA FLÈCHE
DÉPÔT LÉGAL : SEPTEMBRE 2006. N° 86705 (37108)
IMPRIMÉ EN FRANCE